KB113303

아버지와 아들

진형준 교수의 세계문학컬렉션 **40**

이반 세르게예비치 투르게네프 지음

아버지와 아들

Отцы и дети

살림

이반 세르게예비치 투르게네프

1871년 투르게네프의 모습을 찍은 사진.

투르게네프 문학박물관

러시아 오룔 지방 스파스코예에 있는 투르게네프의 생가다. 투르게네프는 1827년 가족이 모스크바로 이사 가기 전까지 이곳에서 지냈다. 현재 이곳은 투르게네프 문학박물관이 되었다. 어린 시절 투르게네프는 아름다운 러시아의 대자연을 보면서 자랐고, 그에 작품에도 커다란 영향을 주었다. 그의 작품에 나타나는 자연묘사는 눈앞에 그려지듯 생생하다.

잡지 「동시대인」 기고자들

잡지 「동시대인」에 원고를 실은 러시아 작가들의 모습이다. 뒷줄 왼쪽부터 시계 방향으로 톨스토이, 그리고로비치, 곤차로프, 투르게네프, 드루지닌, 오스트롭스키의 1856년 모습이다. 1847년 이 잡지에 투르게네프는 『사냥꾼의 수기』 첫 편인 「호리와 칼리니치」를 실었고 폭발적인 반응을 얻었다. 이 잡지는 고골, 톨스토이 등 러시아의 많은 유명 작가들과 시인들의 작품을 게재했으며, 1960년에 들어서는 러시아에서 제일가는 월간지로 자리를 굳혔다.

「**지나이다 볼콘스카야의 살롱** Zinaida Volkonskaya's salon」

러시아 화가 그리고리 마소예도프가 그린 그림이다. 투르게네프가 살았던 19세기 프랑스는 유럽 문학과 철학의 메카였다. 조선왕조 시대에 한글이 발명된 뒤에도 상류층은 한글 대신 한문을 썼듯이 러시아 황궁과 귀족들 사이에서는 러시아어가 아니라 프랑스어가 일상용어로 쓰였다. 대다수의 예술인과 문화인도 마찬가지였다. 이런 문화적 배경은 『아버지와 아들』에도 잘 드러난다. 고향에 돌아온 아르카디와 이야기를 나누는 아버지는 말을 몰고 있던 하인이 알아듣지 못하도록 프랑스어를 사용해 아들과 대화하는 모습을 보인다.

투르게네프 묘지

러시아 상트페테르부르크 볼코보 묘지에 있는 투르게네프의 무덤이다. 투르게네프는 1882년 3월 병의 징후가 처음 나타나자 친구에게 편지를 보낸다. "자네가 스파스코예에 가면 나를 대신하여 집이며 뜰이며, 나의 떡갈나무에, 고향에 내 안부를 전해주시오. 아마 나는 다시는 고향에 가볼 수 없을 거요." 결국 그는 같은 해 9월 파리 센강 부근 휴양지에서 척추암으로 세상을 떠난다. 그 뒤 그의 유해는 러시아로 돌아왔지만, 정부는 그의 장례식에서 폭동이 일어날 것을 우려해 장례식을 성대하게 치르지 못하게 했다.

아버지와 아들 **차례**

제1장

"그래, 표트르, 아직 안 보이느냐?" 먼지가 뽀얗게 내려앉은 외투와 체크무늬 바지를 입은 마흔을 넘긴 신사가 S 마을 역참(驛站) 층계 밑 단에 내려서며 하인에게 물었다. 신사는 모자도 쓰지 않고 있었다. 통통하게 살이 찐 젊은 하인은 턱에 하얀 솜털이 나 있었으며 작은 눈은 흐리멍덩해 보였다.

"아직 보이지 않는뎁쇼." 왼쪽 귀에 귀걸이를 달고 머리에 포마드를 발라, 이른바 신세대 냄새를 물씬 풍기는 하인이 대답했다.

때는 1859년 5월 20일이었다.

하인의 대답에 주인은 한숨을 내쉬더니 작은 벤치에 앉았다.

그가 다리를 안으로 굽혀 넣은 채 생각에 잠겨 주위를 돌아보는 동안, 독자 여러분에게 그를 소개하도록 하자.

그의 이름은 니콜라이 페트로비치 키르사노프였다. 그는 역참에서 약 15킬로미터 떨어진 곳에 200명 정도의 농노, 혹은 그의 표현대로라면 5,000에이커의 '순수 재산'을 가진 지주였다. 그는 자신의 영지들을 농부들과 분할하고 자신의 '직영 농장'을 따로 마련한 것이다.

그의 선친은 1812년 나폴레옹과의 전쟁에서 이름을 떨친 장군으로서 거의 평생을 군무(軍務)에 바친 사람이었다. 그의 선친은 군대에서 사단장과 여단장 등 주로 일선에서 근무했고 근무하는 곳에서는 유지 노릇을 했다.

그의 어머니는 전형적인 장군 부인 스타일이었다. 그녀는 장교로서의 남편의 의무와 위엄을 고스란히 함께 나누었다. 언제나 목청 높여 이야기를 했고, 아이들도 규칙적인 생활을 하게 했다.

니콜라이는 별로 용감하지 못했고 겁쟁이란 소리까지 들었다. 하지만 그는 장군의 아들이었기에 형 파벨과 함께 젊은 나이에 군에 입대했다. 그러나 임관 소식을 들은 바로 그날 다리가 부러져버렸다. 그는 두 달 동안 병원 침대 신세를 졌으며 치료의 보람도 없이 평생 절름발이가 되었다.

열여덟 살이었던 그는 아버지 뜻대로 페테르부르크에 있는 대학에 들어갔다. 그는 1835년에 학사학위를 땄다. 같은 해 그의 아버지는 군을 전역했다. 자신이 지휘하는 부대 검열에서 나쁜 점수를 받은 탓이었다. 그의 가족은 모두 페테르부르크로 이사했다. 하지만 페테르부르크로 이사한 지 얼마 되지 않아 퇴역 장군은 세상을 떠났고, 시골 마을을 그리워하던 어머니도 곧바로 남편의 뒤를 따랐다.

그는 부모님 살아생전부터, 그들 가족이 세 들어 살던 아파트 주인의 딸을 사랑했지만 부모님은 그들의 교제를 못마땅하게 여기고 반대했다. 니콜라이는 부모님이 돌아가시자 마음 놓고 그녀와 결혼했다. 그리고 몇 군데 이사를 다니다가 아예 시골 영지로 낙향했다. 그는 그곳에서 아들을 낳고 그 이름을 아르카디라 붙였다.

아르카디가 열 살이 되던 1847년, 그가 그토록 사랑하던 아내가 세상을 떠났다. 충격을 받은 니콜라이는 며칠 사이에 머리가 하얗게 세어버렸다. 그는 마음을 달래기 위해 해외여행을 하려고 마음먹었다. 그러나 1848년 프랑스에서 2월 혁명이 일어났고, 혁명의 여파가 러시아까지 밀려올까봐 두려웠던 정부에서 해외여행을 금지했기 때문에 그의 계획은 물거품이 되었다.

그는 할 수 없이 시골에 머물면서 다소 무기력한 생활을 해나갔다. 그사이 그는 자신의 소유로 있는 농지 경영을 개선할 방도를 궁리했다. 그리고 영지 개혁을 단행했다.

1855년 그는 아들을 대학에 보냈고, 세 번의 겨울을 페테르부르크에서 아들과 함께 보냈다. 그곳에서 지내는 동안 그는 거의 외출을 하지 않았고, 아들 아르카디의 친구들과 가깝게 지냈다. 하지만 지난겨울에는 여러 가지 사정이 있어 아들 곁으로 가지 못했다. 그리고 지금 1859년 5월, 머리가 더 하얗게 세고 등이 더 굽은 채 이렇게 아들을 기다리고 있는 것이다.

하인은 문 앞으로 가더니 주인의 눈을 피해 파이프 담배에 불을 붙였다. 니콜라이 페트로비치는 여전히 고개를 숙인 채 낡은 계단을 바라보고 있었다. 살찐 얼룩 수탉 한 마리가 커다란 노란 발을 움직여 천천히 그를 향해 걸어오고 있다. 난간 위에서 고양이 한 마리가 몸을 비비 꼬면서 그를 못마땅한 눈초리로 바라보고 있다.

햇볕이 뜨겁게 내리쬐기 시작했다. 역참 안에서 따끈한 호밀 빵 냄새가 풍겨오고 있었다. 니콜라이는 마치 꿈을 꾸고 있는 것 같았다.

'내 아들이…… 학사라…… 아르카샤가…….'

그 생각이 끊임없이 그의 머리를 맴돌았다. 그는 다른 생각을 해보려 애썼으나 다시 그 생각으로 되돌아가곤 했다. 그는 죽은 부인을 떠올렸다.

"살아서 이 모습을 보았더라면……." 그는 나직이 중얼거렸다.

살찐 검푸른 비둘기 한 마리가 큰길로 날아오더니 우물 근처 웅덩이에서 물을 마신다. 니콜라이 페트로비치는 멍하니 그 모습을 바라본다. 바로 그때 점점 가까워지는 마차 바퀴 소리가 들려왔다.

"이제 오시나봅니다!" 하인이 밖으로 뛰쳐나가면서 외쳤다.

니콜라이 페트로비치는 벌떡 일어나 눈길을 큰길로 향했다. 세 마리의 역마가 끄는 역마차가 눈에 들어왔다. 마차 안에서 푸른 학생모 테두리와 낯익은 사랑스런 얼굴 모습이 어른거렸다.

그는 손을 흔들며 밖으로 뛰쳐나갔다.

"아르카샤! 아르카샤!"

얼마 후 그의 입술은 햇볕에 탄, 먼지투성이 젊은 학사의 뺨을 누르고 있었다. 학사의 얼굴은 수염 하나 없이 매끈했다.

"아버지, 우선 먼지부터 털게 해주세요." 아르카디가 여행에 다소 지치긴 했지만 젊은이다운 낭랑한 목소리로 아버지에게 말했다. "아버지가 먼지투성이 되겠어요."

"괜찮다, 얘야. 괜찮아." 니콜라이 페트로비치는 자상한 웃음을 띠면서 말했다. 그리고 아들의 제복과 자기 코트의 먼지를 손으로 털었다. 그는 약간 뒤로 물러서며 "어디 보자. 어디 좀 보자"라고 대견한 듯 말했다.

니콜라이 페트로비치는 아들보다 훨씬 흥분해 있었다. 약간 당황한 것 같기도 했으며 학사복을 입은 아들 앞에서 부끄러움을 느끼는 것 같기도 했다. 그는 역참 마당으로 종종걸음을 옮기면서 어서 마차를 대령하라고 소리쳤다. 그런 그를 아르카디가 멈춰 세우고 말했다.

"아버지, 저랑 정말 친한 친구 바자로프를 소개해드릴게요. 아버지께 편지에서 자주 말씀드렸지요? 고맙게도 우리 집에서 얼마간 함께 머물기로 했어요."

니콜라이 페트로비치는 곧바로 몸을 돌렸다. 그리고 방금 마차에서 내린 키 큰 젊은이에게 다가가서 그의 손을 꼭 잡았다. 젊은이는 머뭇거리면서 장갑을 끼지 않은 붉은 손을 내밀었다.

"진심으로 반갑네. 이렇게 찾아와줘서 고맙군. 실례지만 이름과 부칭이……?"

"예브게니 바실리예프입니다." 바자로프가 느리지만 씩씩한 목소리로 대답했다. 예브게니는 이름이었고 바실리예프는 부칭이었다. 그는 '바실리치'라는 아버지 이름을 평민처럼 바실리예프라고 말한 것이다.

그가 헐렁한 외투의 깃을 내리자 얼굴 모습을 비로소 볼 수 있었다. 전체적으로 마르고 긴 얼굴이었다. 이마는 넓었으며 콧날은 오뚝했고 큰 눈은 녹색이었으며 모랫빛 구레나룻을 기르고 있었다. 조용히 미소 짓고 있는 얼굴에는 자신감이 넘치고 있었으며 이지적으로 보였다.

"예브게니 바실리치, 모쪼록 즐겁게 지내길 바라네."

얼마 지나지 않아 니콜라이 페트로비치가 가져온 사륜마차가 준비되었다. 그 마차에는 두 자리밖에 없어, 바자로프는 역마차에 올랐고 두 대의 마차가 달리기 시작했다.

"이제야 네가 졸업을 하고 다시 집에 왔구나." 집으로 향하는 마차 안에서 아버지가 아들의 무릎을 쓰다듬으며 말했다.

아르카디도 마음속으로 어린애 같은 기쁨을 느끼고 있었다. 하지만 그는 기분에 들뜬 그런 이야기보다는 일상적인 이야기로 화제를 돌리고 싶었다.

"그런데, 큰아버지는 어떠세요?"

"건강하게 잘 지내시지. 나와 함께 마중 나오실 생각이었는데, 무슨 이유에서인지 마음을 바꾸셨단다."

"저를 몇 시간 동안 기다리신 거예요?"

"한 댓 시간쯤."

"다섯 시간이나요? 아버지, 아버지는 정말 좋으신 분이에요."

아르카디는 아버지의 뺨에 입을 맞추었다.

"그런데 아버지, 저 친구가 묵을 방은 있겠지요?"

"있을 거야."

"아버지, 저 친구에게 잘해주세요. 정말 친한 친구예요."

"작년에 내가 못 본 걸 보니 최근에 사귄 모양이구나. 그런데 전공은 뭐니?"

"전공은 자연과학이에요. 하지만 모르는 게 없어요. 내년에는 의사 자격을 따려고 해요."

"아, 의학도로구나."

그는 잠시 입을 다물고 있다가 손으로 어딘가를 가리키며 표트르에게 물었다.

"표트르, 저기 가는 저 친구들, 우리 농부들 아닌가?"

표트르는 주인이 가리키는 곳을 바라보았다. 짐마차 몇 대가 좁은 시골길을 빠르게 달리고 있었다. 짐마차마다 앞자락을 풀어헤친 외투를 입은 농부들이 한두 사람씩 앉아 있었다.

"맞습니다, 나리." 표트르가 대답했다.

"어딜 가는 거지? 읍내로 가나?"

"그런 것 같습니다. 술집에라도 가는 모양이지요." 표트르는 약간 경멸 섞인 어조로 대답했다.

그러자 니콜라이 페트로비치가 아들에게 말했다.

"올해는 농부들 때문에 골치가 아프구나. 소작료를 내려 하지 않아. 어떻게 했으면 좋겠니?"

"고용 농부들은 괜찮아요?"

"웬걸. 나하고 사이가 안 좋아. 정말 딱한 노릇이지. 게다가 최선을 다하지도 않아. 농기구들이나 망치고…… 어쨌든 땅은 그럭저럭 갈았어. 일이 좀 제대로 잡히면 나아지겠지. 어때, 농장 관리에 좀 관심이 가니?"

아들은 아버지 이야기를 못 들은 척 딴소리를 했다.

"여기는 그늘진 곳이 없는 게 문제예요."

"아, 북쪽 테라스 위에 커다란 차양을 쳐놓았단다. 밖에서도 식사를 할 수가 있어."

"집이 여름 별장 같겠네요…… 하긴 그럴 필요가 전혀 없을 지도 몰라요. 여긴 공기가 정말 좋아요. 냄새도 정말 좋고…… 정말 이런 곳은 어디에도 없을 거예요."

"그건 그렇고 내가 편지에 썼는지 모르겠구나. 네 유모였던 예고로브나가 죽었다."

"정말이요? 정말 안됐네요. 그럼 프로코피치는 살아 있나요?"

"살아 있지. 조금도 변한 게 없어. 전처럼 투덜대긴 마찬가지야. 사실 마리노 마을은 별로 달라진 게 없단다."

"관리인은 여전히 그 사람인가요?"

"아, 관리인은 바뀌었다. 농노였다가 자유인이 된 사람은 곁에 두지 않기로 했다. 최소한 책임 있는 일은 맡기지 않기로 한 거지."

아르카디가 눈짓으로 표트르를 가리키자 니콜라이 페트로비치가 프랑스어로 "il est libre, en effet"라고 말했다. '사실상 자유인인 셈이지'라는 뜻이었다. 그리고 목소리를 낮추어 역시 프랑스어로 말했다.

"어쨌든 하인이야. 관리인 일은 읍내 사람에게 맡겼다. 괜찮은 사람 같아. 1년에 250루블을 주기로 했다."

그는 한 손으로 이마와 눈썹을 문지르면서 말을 이었다. 그가 뭔가 당황하고 있다는 표시였다.

"그런데…… 실은…… 마리노에 별로 달라진 게 없다고 말했지만…… 꼭 그렇다고 할 수만은 없는 게……."

그는 좀 망설이더니 계속 말했다. 역시 프랑스어였다.

"아무래도 너에게 솔직하게 말해야겠다. 엄격한 도덕군자들은 아비가 아들에게 별걸 다 털어놓는다고 비난할지도 모르지만…… 나는 이런 걸 네게 숨길 생각이 없고…… 또, 나는 부자 관계란 것에 대해 특별한 생각을 갖고 있고…… 내 얘기를 듣고 네가 나를 비난해도 어쩔 수 없다. 이 나이에…… 한마디로…… 그게…… 그게…… 아마 그 처녀 이야기는…… 너도 들은 적이……."

"페네치카 말씀이세요?" 아들이 거침없이 말했다.

니콜라이 페트로비치는 얼굴을 붉혔다.

"그렇게 큰 소리로 이름을…… 그래…… 그녀가 지금 나와 산다. 집 안에 들여앉혔지…… 작은 방이 두 개 있어서…… 하지만 언제고 다시 되돌릴 수 있다."

"아버지도 참, 왜 그런 말씀을 하세요."

"네 친구가 우리 집에 머물게 되면…… 좀 어색해할 것 같아서……."

"바자로프는 신경 쓰실 것 없어요. 모든 걸 다 초월하고 사는 친구예요. 그리고 그게 뭐 그리 부끄러운 일이라고……."

"아냐, 정말 부끄러운 일이지." 아버지는 더욱더 얼굴을 붉히며 말했다.

"말도 안 돼요. 제발 그런 말씀 마세요."

아르카디는 다정하게 미소를 지었다. '사과할 일이 따로 있지'라고 그는 속으로 생각했다. 선량한 아버지를 향한 애정과 함께 이상한 우월감 같은 것이 그의 마음속을 채웠다. 그는 자신의 생각이 아버지보다 진취적이고 자유롭다는 것을 또렷이 의식하면서 "제발 그만하세요"라고 다시 한번 되풀이했다.

아버지는 한동안 아무 말이 없다가 입을 열었다.

"여기부터 이제 우리 밭이다."

"저기 있는 숲도 우리 것 아닌가요?"

"그랬었지. 하지만 팔았다. 올해 벌채를 할 거라고 하더라."

"왜 파셨어요?"

"돈이 필요해서……."

"아깝네요."

마을을 지나면서 아르카디의 마음은 차츰 무거워졌다. 마을 모습, 낡은 교회들이 너무 고풍스러웠다. 게다가 만나는 농부들은 한결같이 남루한 옷차림에 비쩍 말라 있었다. 꼭 누더기를 걸친 거지꼴이었다. 뼈만 앙상하게 남은 소들이 도랑에서 풀을 뜯고 있었는데 마치 무시무시한 죽음의 발톱에서 겨우 빠져나온 것처럼 보였다.

그는 생각했다.

'그래, 여긴 너무 가난해. 풍족하지도 못한데다 근면의 그림자도 보이지 않아. 절대로 이런 식으로 놔둘 수는 없어. 필히 개혁해야 해. 하지만…… 어떻게 해야 하지? 무엇부터 시작해야 하지?'

아르카디는 생각에 잠겼다.

하지만 그사이에도 봄은 여전히 그 위세를 떨치고 있었다. 주변의 모든 것, 나무들, 숲들, 풀들은 푸르른 빛을 발하며 따스한 봄바람의 숨결 아래서 부드럽게 흔들리고 있었다. 사방에서 종달새들이 끊임없이 노래하고 있었고 댕기물떼새는 낮은 초원 위를 날아다니며 지저귀다가 울음을 뚝 그치고 덤불 위를 뛰어다니기도 했다.

아버지가 아들 어깨에 손을 얹으며 다정한 목소리로 말했다.

"네가 집으로 돌아오는 걸 자연이 반기고 있구나. 하지만 나는 푸시킨과 같은 생각이야. 「예브게니 오네긴」에 나오는 구절 생각나니?"

아버지는 시를 읊었다.

　그대가 찾아오면 나는 너무나 슬프도다.

　봄, 봄이여, 달콤한 사랑의 계절이여!

　얼마나…….

　그때 역마차에서 바자로프의 목소리가 들렸다.

　"아르카디, 성냥 좀 줄래? 파이프에 불 좀 붙이려고."

　그 소리에 니콜라이 페트로비치는 낭송을 멈추었다. 아버지의 시 낭송에 한편으로는 놀라고 한편으로는 공감하면서 귀를 기울이고 있던 아르카디는 얼른 주머니에서 성냥갑을 꺼내 바자로프에게 주었다.

　그러자 바자로프가 다시 외쳤다.

　"시가 한 대 줄까?"

　"그래." 아르카디가 대답했다.

　아르카디는 바자로프가 건네준 시가를 피우기 시작했다. 독한 냄새가 곧 마차 안에 번졌다. 평생 담배를 입에 대보지도 않은 니콜라이 페트로비치는 아들의 기분을 상하게라도 할까봐 조심하면서 슬며시 고개를 돌렸다.

　15분 후 두 대의 마차는 빨간 양철 지붕에 벽을 회색으로 칠한 신축 목조건물 앞에 도착했다. 바로 이 집이 '새 마을'이라고 사람들에게 알려진 마리노 마을이었다.

제2장

주인을 맞이하기 위해 나온 것은 열 두 살짜리 소녀였다. 그 뒤를 따라 표트르와 아주 비슷한 제복을 입고 비슷하게 멋을 낸 젊은이가 나타났다. 그는 니콜라이 페트로비치의 형인 파벨 페트로비치 키르사노프의 하인이었다. 그는 말없이 사륜마차의 문을 열고 역마차의 덮개를 덮었다. 니콜라이 페트로비치는 아들 및 그의 친구와 함께 비어 있는 어두운 홀을 지나 새로운 현대식 가구를 갖춘 응접실로 들어갔다. 홀을 지날 때 문 뒤에서 얼핏 젊은 여자의 얼굴이 보인 것도 같았다.

안으로 들어가자 예순쯤 되어 보이는 백발이 성성한 노인이 그들을 맞았다. 집사 프로코피치였다. 그는 웃으며 아르카디의 손에 입을 맞추더니 니콜라이 페트로비치에게 물었다.

"식사를 준비시킬까요?"

"그래 주겠나? 그리고 이분의 외투를 받아주게."

바자로프는 외투를 벗어 프로코피치에게 건넸다.

그때 영국풍의 검은색 양복에 최신 유행의 짧은 넥타이를 맨 중키의 신사가 번쩍이는 장화를 신고 응접실로 들어섰다. 파벨 페트로비치 키르사노프였다. 마흔다섯 살 정도 되어 보였으며 짧게 깎은 흰머리에서는 윤기가 흘렀고 주름이 없는 얼굴은 마치 정교한 조각칼로 다듬은 듯 윤곽이 반듯하고 또렷했다. 소싯적에 대단한 미남이었음이 분명했고 지금도 보기 좋은 풍모를 유지하고 있었다. 그중에서도 밝게 빛나는 아몬드 모양의 검은 눈이 특히 멋있었다. 멋지게 균형 잡히고 기품이 있는 그의 모습 전체에서 땅을 박차고 위로 비상하고자 하는 젊음의 열망이 느껴졌다. 그것은 대체로 20대가 지나면 사라지는 법인데도 말이다.

그는 손을 주머니에서 빼내어 조카에게 내밀었다. 긴 손톱이 분홍빛으로 물들어 있었다. 하얀 셔츠 소맷부리를 커다란 오팔 커프스로 고정해놓아서 손은 더욱 우아해 보였다. 그는 우선 유럽식으로 악수한 후에 러시아식으로 세 번 키스를 했다. 즉 그의 향기로운 콧수염을 조카의 뺨에 세 번 댄 다음에 "잘 왔다"라고 말한 것이다.

니콜라이 페트로비치가 그에게 바자로프를 소개했지만 그는 가볍게 미소만 지었을 뿐 손을 내밀지는 않았다.

얼마 후 모두들 식탁에 마주 앉았다. 식사 도중 별로 많은 이야기가 오가지는 않았다. 특히 바자로프는 거의 입을 열지 않았다. 대신 거의 게걸스럽다고 할 수 있을 정도로 먹는 일에 열중했다. 니콜라이 페트로비치는 농장에서 벌어진 일에 대해 간단히 이야기했고, 파벨 페트로비치는 식사는 전혀 하지 않은 채 식당 안을 왔다 갔다 하면서 가끔 "오, 저런! 그래?"라고 한마디씩 던질 뿐이었다. 그는 식사 대신 포도주만 홀짝거렸다. 아르카디는 페테르부르크 소식을 몇 가지 전했다.

저녁 식사가 끝나자 모두 금세 헤어졌다. 바자로프는 자신의 방으로 잠자러 가기 전에 잠시 아르카디의 방에 머물며 이야기를 나누었다. 그가 파이프를 빨아대며 말했다.

"자네 큰아버지, 정말 별난 양반이더군. 이런 시골에서 그렇게 멋을 부리다니! 그 손톱, 그거 정말 전시회에 내놓아도 되겠어!"

"네가 잘 몰라서 그래. 한창때는 정말 대단한 멋쟁이셨어. 언젠가 그분 스토리를 이야기해줄게. 얼마나 미남이었던지 여자들이 그 앞에서는 모두 정신을 못 차렸다니까.”

“그래? 그렇다면 옛 추억이 그리워서 그러시는 거로군. 이곳에는 홀릴 사람이 없어서 유감이네. 어쨌든 자네 아버지는 아주 좋은 분이야. 괜히 시 같은 거나 읊조리고 농장 경영에 대해서 잘 모르시는 것 같긴 하지만…… 그래도 좋은 분이야.”

“그래, 정말 좋으신 분이야.”

간단하게 몇 마디 더 이야기를 나눈 후 바자로프가 아르카디의 방을 나서며 말했다.

“자, 잘 자게. 내 방에 영국식 세면대가 있더군. 영국식 세면대는 장려할 만해. 그건 진보를 뜻하니까.”

바자로프가 자기 방으로 가자 아르카디는 행복에 젖어 잠에 빠져들었다.

다음 날 아침 바자로프는 제일 먼저 자리에서 일어나 집 밖으로 나갔다. 그는 주변을 둘러보며 ‘이런! 별로 내세울 게 없는 곳이로군’이라고 생각했다. 니콜라이 페트로비치는 농부들과 토지를 분할하면서 4에이커의 완전히 평평한 벌거숭이 땅에 영주 저택을 새로 지어야 했다. 그는 그곳에 집과 부속 건물,

농장을 세우고 정원을 만들었다. 그는 정원에 연못을 만들고 우물 두 개를 팠다. 하지만 새로 심은 어린나무들은 잘 자라지 못했고 연못에는 물이 별로 고이지 않았으며 우물물은 짭짤했다. 오직 정자 주변의 라일락과 아카시아만이 무성할 뿐이었다.

불과 몇 분 만에 바자로프는 정원을 다 둘러볼 수 있었다. 그는 축사와 마구간에도 들러보았으며 거기서 두 명의 농부 아이들을 만났다. 그는 아이들과 금세 친해졌고 그들과 함께 저택에서 1킬로미터 정도 떨어진 곳의 늪으로 개구리를 잡으러 갔다. 그는 하층민들의 마음에 들려고 특별히 마음을 쓰지 않았지만 그에게는 이상하게도 그들의 신임을 얻는 재주가 있었다. 아이들이 개구리를 잡아서 뭐 하려느냐고 묻자 그는 개구리 배를 해부해서 그 안에서 무슨 일이 일어나는지 알아보려 한다고 대답했다.

그사이 니콜라이 페트로비치도 자리에서 일어나 아들 아르카디를 보러 갔다. 아르카디는 이미 옷을 입고 있었다. 아버지와 아들은 차양이 쳐진 테라스로 나갔다. 난간 옆 테이블에서는 찻주전자인 사모바르가 끓고 있었다. 얼마 후, 어제 그들을 맨 먼저 맞이했던 여자아이가 나타나서 말했다. 아이의 이름은 두냐샤였다.

"페도시아 니콜라에브나 마님께서는 몸이 안 좋으셔서 나오실 수 없답니다."

그러자 아르카디가 조금 머뭇거리는 표정으로 "아버지!"라고 불렀다. 아버지는 약간 당황한 표정을 지었다.

"왜 그러니?"

"아버지, 외람된 질문이라도 받아주시겠어요?" 아들이 말문을 열었다. "아버지께서 어제 솔직하게 말씀을 해주셨으니까…… 저도 솔직하게 말씀드릴게요…… 화내지 않으시겠죠?"

"어디 계속해봐라."

"그럼 여쭤보겠어요…… 혹시…… 페니…… 그분이 차를 마시러 오지 않는 게…… 저 때문인가요?"

아버지는 슬쩍 얼굴을 돌렸다.

"아마…… 부끄러운 모양이지……."

"아버지, 부끄러워할 게 뭐 있어요? 제가 어떻게 아버지의 삶에 대해 털끝만치라도 방해가 될 수 있겠어요? 게다가 저는 아버지 선택이 잘못되었으리라고는 생각하지 않아요. 아버지가 한 지붕 아래서 살도록 허락하셨다면 그만한 자격이 있는 사람이겠지요. 어쨌든 아들이 아버지를 판단할 수는 없어요. 절대로요. 아버지처럼 제 자유를 조금도 구속하지 않으신 분의 경우에는 더더욱 그렇지요."

처음에 말을 시작할 때 아르카디의 목소리는 떨리고 있었다. 그러나 자신이 너그러운 사람이라는 자의식을 갖게 되면서 차츰 훈계조가 되었다.

"아들아, 고맙다. 하지만 네가 있는 곳에 오는 걸 그녀가 거북해하는 것도 당연해. 특히 첫날이니 말이다. 그건 이해해야 한다."

"아버지, 그렇다면 제가 직접 가서 만나보겠어요."

아버지가 당황해서 자리에서 일어나며 더듬더듬 뭐라고 말했지만 아들은 이미 테라스를 나서고 있었다. 니콜라이 페트로비치의 심장은 두근거렸다.

잠시 후 빠른 걸음 소리가 들리더니 아르카디가 테라스로 들어왔다.

"아버지, 우리는 벌써 친해졌어요."

그의 얼굴에 다정함과 선량함이 뒤섞인 의기양양한 표정이 떠올라 있었다.

그가 말을 계속했다.

"정말 몸이 좋지 않대요. 하지만 잠시 후에 잠깐 나오겠대요. 그런데 아버지, 왜 제게 동생이 있다는 말씀을 안 해주셨어요?

이름이 마챠이더군요. 미리 알았다면 벌써 키스를 해주었을 텐데…… 키스를 이제야 해주었네요."

니콜라이 페트로비치는 아들을 꼭 껴안아주고 싶었다. 그런데 아르카디가 먼저 아버지의 목을 덥석 끌어안았다.

바로 그때 파벨 페트로비치가 테라스에 나타났다. 그는 영국식 우아한 아침 가운을 걸치고 있었으며 멋진 원추형 모자를 쓰고 있었다.

그가 조카에게 물었다.

"그런데, 네 친구는 어디 갔니?"

"집 안에 없어요. 언제나 일찍 일어나서 어디론가 가곤 해요. 그 친구 신경은 안 써도 돼요. 격식을 좋아하지 않거든요."

"그래, 그런 것 같더라." 파벨이 빵에 버터를 바르면서 말했다. "그런데 그 친구, 이 집에 오래 머물 거니?"

"글쎄요. 아버지 집으로 가는 길에 들른 거예요."

"아버지가 어디 사는데?"

"이 지방이에요. 여기서 80킬로미터 정도 떨어진 곳이에요. 그곳에 작은 영지를 갖고 있어요. 전에는 군의관이었대요."

"그래, 그래, 확실해. 바자로프라…… 그런 이름을 들어본 것 같다고 생각했지. 니콜라이, 생각나? 아버지 사단에 바자로프라는 의사가 있었던 거?"

"그랬던 것 같아요."

"맞아. 틀림없어. 그 의사가 그 친구 아버지야." 그는 콧수염을 움찔하며 잠시 뜸을 들이더니 말을 이었다. "그런데 그 친구, 어떤 사람이냐?"

"어떤 사람이냐고요?" 아르카디는 미소를 지었다. "큰아버지, 그가 정확히 어떤 친구인지 말씀드릴까요?"

"그래, 너만 괜찮다면 어서 말해보려무나."

"그 친구는 니힐리스트예요."

"뭐라고?" 니콜라이 페트로비치가 되물었다. 파벨 페트로비치는 버터가 꽂혀 있는 나이프를 들어 올린 채 한동안 꼼짝 않고 있었다.

"니힐리스트요." 아르카디가 재차 말했다.

그러자 니콜라이 페트로비치가 말했다.

"니힐리스트라…… 내가 알기로는 라틴어에서 온 말인데…… 니힐은 '무(無)'라는 뜻이야. 그렇다면 니힐리스트라는 말은 아무것도…… 아무것도 받아들이지 않는 사람이라는 뜻인가?"

"말하자면 아무것도 존중하지 않는 사람이라는 뜻이지." 파벨 페트로비치가 다시 빵에 버터를 바르면서 말했다.

"모든 것을 비판적인 눈으로 보는 사람이지요." 아르카디가
말했다.

"그게 그거 아니냐?" 파벨이 물었다.

"그렇지 않아요. 니힐리스트는 그 어떤 권위 앞에서도 허리
를 굽히지 않는 사람이에요. 그 어떤 원칙도 믿지 않는 사람이
에요. 사람들이 제아무리 존중하는 원칙이라도 말이에요."

"그래서 그게 좋다는 거냐?" 파벨이 되물었다.

"상황에 따라 다르지요. 어떤 이들에게는 좋은 것이고 어떤
이들에게는 해가 되지요."

"그래? 하지만 우리하고는 노선이 다르구나. 우리는 구식 사
람들이지. 우리는 원칙 없이는, 혹은 네 말대로 원칙을 믿지 않
고는 꼼짝도 할 수 없고 숨도 쉴 수 없어. Vous avez changé
tout cela(너희가 그 모든 것을 바꿔놓았어). 그런데 니…… 뭐라
고 했지?"

"니힐리스트요."

"그래, 전에는 헤겔주의 어쩌고 하더니 이제는 니힐리스트란
말이구나. 어디, 그런 공허 속에서 어떻게들 살아갈 수 있는지
한번 두고 보라지."

그때 페네치카가 테라스에 모습을 드러냈다. 스물셋쯤 되어 보이는 살갗이 뽀얀 여자였다. 머리칼과 눈은 새까만 색이었고 어린아이처럼 도톰한 입술은 붉은빛을 띠고 있었다. 그녀는 직접 들고 온 코코아 잔을 탁자에 놓고는 매우 쑥스러워했다. 그녀는 자기에게 정겨운 미소를 보내고 있는 아르카디를 슬쩍 쳐다보고는 조용히 물러갔다.

테라스에 잠시 정적이 흘렀다. 파벨 페트로비치가 코코아를 마시다가 고개를 들고 말했다.

"저기 니힐리스트 경(卿)께서 오시는군."

그의 말대로 바자로프가 정원을 걸어오고 있었다. 외투와 바지에는 진흙이 잔뜩 묻어 있었으며 모자 꼭대기에는 늪지의 끈끈이풀이 들러붙어 있었다. 그의 오른손에 작은 자루가 들려 있었고 그 안에서 뭔가 살아 있는 것들이 꼼지락거렸다.

테라스까지 온 그가 고개를 끄덕이며 말했다.

"안녕들 하세요? 차 마실 시간에 늦어서 죄송합니다. 곧바로 돌아오겠습니다. 이 노획물들을 갖다 놓고 오겠습니다."

"그게 뭐요? 거머리요?" 파벨이 물었다.

"아뇨. 개구리입니다."

"먹을 거요? 아니면 기르려고?"

"실험용입니다." 바자로프는 무심한 듯 대답하고는 집 안으로 들어갔다.

잠시 후 그는 다시 테라스로 나와서 함께 차를 마셨다.

파벨이 다시 그에게 물었다.

"물리학을 전공한다지요?"

"네, 물리학입니다. 하지만 자연과학 전반이라고 하는 게 옳을 겁니다."

"최근에 튜턴족들이 그 분야에서 대단한 성과를 냈다고 하더군." 파벨이 말했다.

"예, 독일인들은 그 분야에서 우리의 선생들입니다." 바자로프가 건성으로 대답했다.

파벨은 독일인 대신 튜턴족이라고 일부러 비꼬아서 말을 했지만 아무도 그 의도를 눈치채지는 못했다.

파벨은 바자로프의 태도에 은근히 화가 났다. 그의 거리낌 없는 태도가 은근히 귀족의 성미를 건드렸을 뿐 아니라 아무것도 두려워하지 않고 심드렁하게 대답하는 모습도 거칠고 건방지게 보였다.

그가 다시 바자로프에게 물었다.

"아르카디의 말로는 당신은 아무 권위도 받아들이지 않는다고 하더군. 권위를 믿지 않는 거요?"

"어떻게 그걸 받아들이지요? 왜 그걸 믿어야 합니까? 저는 오로지 사실에 대해서만 동의합니다. 단지 그것뿐입니다."

"그럼 독일인들은 언제나 사실을 말한단 말이요?"

"물론 전부 그런 건 아니지요."

그 말을 하면서 바자로프는 하품을 했다. 더 이상 화제를 길게 끌고 싶지 않다는 눈치였다. 파벨은 조카에게 눈길을 보냈다. 마치, '정말 볼만하군'이라고 힐난하는 것 같았다.

그는 억지로 기운을 내서 다시 입을 열었다.

"나는 독일인을 좋아하지 않아. 옛날 독일인들은 그런대로 괜찮았지. 실러나 괴테 같은 사람들도 있었으니까. 하지만 지금은 온통 무슨 화학자나 유물론자뿐이니……."

그러자 바자로프가 그의 말을 끊었다.

"훌륭한 화학자는 시인보다 스무 배는 더 유익합니다."

파벨은 마치 졸린다는 듯 눈썹을 살짝 치켜올리며 말했다.

"오, 그렇다면 예술은 인정하지 않겠다, 이건가? 모든 걸 부정하고 과학만을 믿겠다, 이거로군."

"저는 아무것도 믿지 않는다고 이미 말씀드리지 않았나요? 과학이 도대체 무엇인가요? 추상과학이요? 제가 그런 걸 믿겠습니까? 과학에도 여러 가지가 있습니다. 세상에 여러 가지 직업이나 기술이 있는 것과 마찬가지지요. 하지만 추상적인 과학이란 건 없는 것과 마찬가지입니다."

파벨은 이 해괴한 젊은이와 더 논쟁을 벌이고 싶었지만 참았다. 그리고 속으로 '이 친구는 정말 니힐리스트로군'이라고 생각했다.

파벨은 동생과 함께 테라스 밖으로 나갔다. 두 형제가 나가고 친구 둘이 남게 되자 바자로프가 냉정한 어투로 아르카디에게 말했다.

"저 양반 늘 저런 식인가?"

"예브게니, 자네도 큰아버지께 너무 심했어. 기분 나쁘게 해 드린 것 같아."

"아니, 내가 이 시골구석 귀족의 비위를 맞춰줘야 한단 말인가? 도대체 왜? 온통 허영에 빠져 있고, 젠체하는 습성에, 어리석기 짝이 없는데! 저런 양반은 페테르부르크에서 계속 경력이나 쌓았어야 했어. 하지만 됐어. 아주 진귀한 물방개 한 마리를 발견했거든. 그 이야기나 하지."

"이보게, 우리 큰아버지는 자네가 생각하듯 그렇게 형편없는 분이 아니야."

"그 문제로 왈가왈부하고 싶지 않아. 헌데 자네는 왜 그렇게 큰아버지를 두둔하는 건가?"

"누구에게나 공정해야 하지 않겠나? 자, 큰아버지 이야기를 들어봐."

아르카디는 바자로프에게 큰아버지의 과거를 이야기하기 시작했다.

우리가 앞서 말했듯이 그는 동생과 함께 군사학교에서 훈련을 받고 군대 생활을 시작했다. 그리고 역시 앞서 보았듯이 그의 외모는 정말 출중했다. 게다가 자존심이 강했고 냉소적이었으며 신경도 예민했다.

하지만 사람들은 누구나 그를 좋아했다. 특히 여자들은 그를 보면 넋을 잃었다. 훈련을 마치고 임관한 그는 스물여덟의 나이에 이미 대위로 진급했고 출셋길이 훤하게 열려 있었다. 그러나 한 여자와의 로맨스가 모든 것을 다 바꿔버렸다.

당시 페테르부르크 사교계에 R 공작부인이 이따금 나타났다. 그녀는 뛰어난 미인은 아니었지만 기이한 행동으로 사람들의 눈길을 끌었다. 사교계에 나타나면 향락에 탐닉해서 내내 깔깔거리며 남자들과 어울렸다. 그러나 밤이 되면 우울한 여자로 변했다. 게다가 그녀는 갑자기 외국으로 떠나서 소식을 끊고 지내다가 다시 러시아 사교계로 돌아오곤 했다.

파벨 페트로비치는 어느 무도회에서 그녀와 춤을 출 기회를 갖게 되었다. 그리고 그녀를 열렬히 사랑하게 되었다. 그녀도 그의 사랑을 받아들였다. 그는 그녀의 사랑을 획득하고 나서 더욱더 그녀를 사랑하게 되었다. 그만큼 그녀는 신비로웠다. 그녀를 품에 안고서도 그는 그녀가 뭔가 알 수 없는 비밀을 간직한 것처럼 여겨졌다. 마치 그녀는 그녀 자신도 어쩔 수 없는 그 어떤 알지 못할 힘의 지배를 받는 것 같았다. 그만큼 그녀의 행동은 온통 모순덩어리였다.

그런데 그를 향한 그녀의 사랑이 식었다. 그녀가 자신을 사랑할 때도 온통 그녀에게 정신이 빠져 있던 파벨은 그녀의 사랑이 식자 거의 미치다시피 되어버렸다. 그는 그녀를 조용히 내버려두지 않고 어디든 따라다녔다. 그를 흠모했던 뭇 여인들은 이제 그를 비웃고 비난했다. 하지만 그는 전혀 개의치 않았다.

그녀는 그가 끊임없이 뒤를 따라다니는 데 넌더리를 내고 외국으로 도망갔다. 파벨은 주변의 간곡한 만류에도 불구하고 부대에 사직서를 냈다. 그리고 공작부인의 뒤를 따라 외국으로 갔다. 그는 4년간 그녀의 뒤를 따라다녔다. 물론 다시 사랑의 불이 붙어 한동안 같이 지내기도 했다. 하지만 그녀는 다시 그를 떠났고 그는 거의 폐인이 되었다. 다시 러시아로 돌아온 그는 결혼에 대해서는 생각도 하지 않았고 사교계에도 가끔 발을 들여놓았지만 새로운 사랑을 시작할 수는 없었다. 그렇게 10년의 세월이 흘렀다.

그러던 어느 날 그는 R 공작부인이 죽었다는 소식을 들었다. 그녀가 거의 정신착란의 상태로 파리에서 죽음을 맞이했다는 소식이었다. 1848년 초의 일이었다. 그때 동생 니콜라이 페트로비치는 이미 아내를 잃은 상태였다. 형은 추억을 잃었고 동생은 아내를 잃은 상태였던 것이다. 파벨은 동생과 함께 지내고 싶다고 말했고 동생은 받아들였다.

파벨은 주로 영국식으로 생활하면서 이웃 사람들과 거의 교제를 하지 않았다. 그가 외출할 때는 주로 선거 때였다. 그는 사람들과 만나면 엉뚱한 자유주의적 언행으로 시골 지주들을 깜짝 놀라게 하곤 했다. 하지만 그렇다고 해서 신세대 대표 주자들과 어울리는 것도 아니었다. 구세대 사람들이건 신세대 사람들이건 모두 그를 거만한 사람이라고 말했다. 하지만 동시에 그를 존경하기도 했다. 그의 세련된 태도와 소문으로 들려오는 과거 여성 편력이 그를 향한 경외심을 불러일으켰기 때문이다. 부인들은 그를 매력적인 로맨티시스트로 여겼지만 그는 더 이상 아무 여자와도 친분을 맺지 않았다.

이상이 아르카디가 바자로프에게 해준 이야기였다. 이야기를 끝낸 후 그가 덧붙였다.

"자네는 큰아버지를 제대로 공정하게 보고 있지 않아. 큰아버지가 아버지에게 금전적으로 도움을 주어서 아버지가 여러 번 곤경에서 벗어나셨다는 이야기는 하고 싶지 않아. 대신 그분은 모든 사람들을 기꺼이 도와주시고 언제나 농부들 편을 드신다는 말은 꼭 하고 싶네. 물론 농부들과 이야기를 나눌 때면 얼굴을 찌푸리고 향수 냄새를 맡긴 하지만…… 어쨌든 그분을 경멸하는 건 옳지 않은 일이야."

"누가 경멸한다고 말했나? 하지만 여자와의 사랑이라는 단한 장의 카드에 일생을 걸고, 그 카드를 잃고 나자 아무것도 할 수 없게 된 사람은, 남자라기보다는 수컷에 불과하다는 말은 꼭 하고 싶네. 자네 큰아버지는 불행한 사람이 아니라 어리석은 사람이야."

"하지만 큰아버지가 받은 교육과 그가 자라온 시대를 생각해보라고."

　"교육? 교육을 받았다고? 아니야. 사람은 스스로를 교육해야 해. 내가 지금 그러고 있잖아. 그리고 시대 말이 나왔으니 말인데…… 왜 나 자신이 시대의 지배를 받아야만 하나? 시대가 내게 달린 거지 내가 시대에 달린 게 아니야. 남녀 간의 신비? 우리 같은 생리학자들은 그 관계가 어떤 건지 훤히 알고 있지. 눈에 대해 해부학적으로 연구해봐. 도대체 그 신비스런 눈길 같은 게 어디 있단 말인가? 다 낭만이고 난센스야. 미학적 쓰레기일 뿐이야. 차라리 딱정벌레나 살펴보러 가는 게 낫지."

　두 친구는 바자로프의 방으로 갔다. 그 방에는 이미 값싼 담배 냄새와 뒤섞인 일종의 외과 수술실 냄새가 배어 있었다.

제3장

　　대략 2주일이 지났다. 마리노에서의 생활은 별일 없이 흘러갔다. 아르카디는 한가롭게 즐거운 나날을 보내고 있었고 바자로프는 연구를 했다. 집안사람들은 모두 바자로프의 무뚝뚝한 태도와 심드렁한 말투에 익숙해졌다.

　　하지만 파벨 페트로비치만은 예외였다. 그는 그를 건방지고 무례하며 냉소적이고 천한 놈이라며 극도로 미워했다. 그는 그가 자신을 존경하지 않는 것이 견디기 어려웠다. 감히, 이 파벨 키르사노프를 무시하다니!

　　한편 니콜라이 페트로비치는 이 젊은 니힐리스트를 무서워했다. 그리고 그가 자기 아들에게 너무 나쁜 영향을 주는 것 같아서 걱정이 많았다. 하지만 그는 바자로프의 말을 경청했고 그의 실험에도 기꺼이 참관했다.

하인들은 바자로프의 조롱을 받으면서도 그를 따랐다. 그들은 모두 그가 주인의 부류에 속하는 사람이 아니라 자기들 부류에 속하는 것처럼 느꼈다. 어린 두냐샤는 그와 언제나 농담을 주고받았으며 그의 곁을 토끼처럼 종종걸음으로 따라다니면서 의미심장한 눈길을 보내곤 했다. 자존심이 강하면서도 멍청하기 이를 데 없는 표트르도 마찬가지였다. 겨우 글자를 더듬거릴 뿐이고 할 줄 아는 일이라고는 자기 연미복을 손질하는 게 전부인 주제에 늘 교양 있는 척 얼굴을 찌푸리고 다니는 그였지만, 어쩌다 바자로프가 자신에게 관심을 보이면 싱글벙글 얼굴이 환해졌다. 하지만 프로코피치 노인만은 그를 좋아하지 않았다. 그는 인상을 잔뜩 찌푸리며 바자로프에게 음식을 갖다 주었고, 그를 '백정' 혹은 '천박한 놈'이라고 불렀다. 심지어 구레나룻을 기른 꼴이 꼭 돼지우리의 돼지 같다고 단언했다. 프로코피치는 자기 나름대로 파벨 페트로비치만큼 귀족주의자였던 것이다.

1년 중 가장 좋은 계절인 6월이 시작되었다. 날씨는 계속 말할 수 없이 좋았다. 바자로프는 매일 일찍 일어나 2~3킬로미터씩 걸어다녔다. 산책을 한 것이 아니었다. 그는 아무 목적 없는 산책을 아주 싫어했다. 그는 걸어다니면서 식물과 곤충을 채집했다. 가끔 아르카디가 그와 동행하기도 했다. 그들 사이에 논쟁이 벌어지는 적이 가끔 있었지만 승자는 언제나 바자로프였다.

어느 날 아침이었다. 웬일인지 꽤 시간이 지나도 그들이 돌아오지 않자 니콜라이 페트로비치가 그들을 마중하러 나섰다. 그가 정자에 이르렀을 때 그들의 발걸음 소리와 목소리가 들렸다. 그들은 정자 반대편에서 걷고 있었기에 니콜라이의 모습을 볼 수 없었다.

"자네는 우리 아버지를 잘 몰라." 아르카디의 목소리였다.

"좋으신 분이지. 하지만 시대에 뒤떨어진 분이야. 그분 시대는 갔어."

니콜라이는 귀를 기울였다. 아르카디는 아무 대답도 하지 않았다.

'시대에 뒤떨어진 사람'은 2분 정도 꼼짝 않고 있다가 천천히 그들 뒤를 따랐다. 바자로프의 목소리가 들렸다.

"그저께 보니까 푸시킨 시를 읽고 있더라. 그런 건 아무 소용없다고 말씀드려. 이제 어린아이가 아니잖아. 그런 쓰레기 같은 건 던져버려야 해. 이런 시대에 낭만주의자가 되고 싶어하다니! 좀 더 현명한 책을 읽으라고 권해드려."

"어떤 책을 드리면 좋을까?"

"우선 독일 물리학자 뷔히너의 『힘과 물질』부터 시작하는 게 좋을 거야."

"그래, 그게 좋겠다. 알기 쉽게 쓰인 책이니까."

그날 저녁 식사 후, 서재에서 니콜라이는 형 파벨에게 말했다.

"이제 형님과 저는 시대에 뒤떨어졌어요. 우리들의 시대는 끝났어요. 그래요, 바자로프의 말이 옳을지도 몰라요. 하지만 솔직히 말하면 한 가지 견디기 어려운 게 있어요. 이제 아르카디와 정말 가깝게 지낼 수 있겠다고 생각했는데 나는 시대에 뒤떨어졌고 그 애는 저만치 앞서간다는 생각…… 우리는 서로를 이해할 수 없다는 생각……."

"그 애가 앞서간다고? 벌써 우리보다 낫다고?" 파벨이 참지 못하고 소리 질렀다. "그건 모두 그 고상한 니힐리스트 녀석이 그런 걸 그 애 머리에 집어넣었기 때문이야! 나는 그 의사 녀석이 정말 싫어. 내 생각에 그자는 사기꾼일 뿐이야. 개구리나 잡아들이면서 무슨 의학을 한다는 거야."

"형님, 너무 그렇게 말하지 마세요. 그 친구는 똑똑해요. 아는 것도 많고요."

제3장

47

"하지만 젠체하는 꼴이 너무 역겨워."

"그래요. 자부심이 강하지요. 하지만 자존심도 없이 어떻게 살 수 있겠어요? 저는 그런 건 괜찮아요. 다만 저도 나름대로 시대에 뒤떨어지지 않으려고 최선을 다했는데…… 새로운 농장 모델도 만들었는데…… 농부들과도 잘 협력했는데…… 오죽하면 이 지방 사람들이 저를 '급진주의자'라고 부르겠어요. 저는 책도 읽고 공부도 해요. 시대의 요구에 뒤떨어지지 않으려고 온갖 노력을 다해요. 그런데도 그 애들이 제 시대는 끝났다는 거예요. 형님, 어쩌면 그 애들 말이 맞을지도 몰라요."

"어째서?"

"실은 이런 일이 있었어요. 오늘 서재에 앉아서 푸시킨의 시를 읽고 있었는데…… 갑자기 아르카디가 온 거예요. 마치 제가 어린아이라도 되는 듯 부드러운 미소를 짓더니 슬그머니 제게서 책을 빼앗는 거예요. 그러고는 다른 책을 슬며시 내밀었어요. 독일 책이었지요. 그러고는 미소를 띤 채 푸시킨 책을 가지고 가버렸어요."

그러면서 그는 뒷주머니에서 뷔히너의 소책자를 꺼냈다. 파벨은 그 책을 받아 들고 앞뒤로 돌려 보면서 말했다.

"허, 아르카디가 제 아비를 직접 교육하는 꼴이로군. 그래,

읽어봤어?"

"읽었지요."

"어떻던가?"

"내가 바보든가, 아니면 전부 말도 안 되는 이야기든가, 둘 중 하나예요. 아마 내가 바보겠지요."

니콜라이는 화제를 바꾸고 싶어서 다른 이야기를 꺼냈다.

"아 참, 콜랴진에게서 편지가 왔어요. 그가 꽤 높은 관리가 되어서 이 지방을 시찰하러 와서 ***시에 머물고 있나 봐요. 친척지간인 우리를 보고 싶다고 형님과 나, 아르카디를 초청했어요. 하지만 가고 싶지 않아요."

"나도 마찬가지야. 밥 한 끼 먹자고 50킬로미터나 가고 싶지는 않아. 자기 잘된 모습을 우리에게 자랑하고 싶어서겠지. 게다가 우리는 뭐 시대에 뒤떨어진 사람이라며?"

그 말에 니콜라이가 한숨을 내쉬며 말했다.

"형님, 이제 관을 주문하고 가슴에 손을 얹을 때가 된 것 같아요."

"아니, 난 그렇게 빨리 굴복하고 싶지 않아. 그 의사 녀석과 한판 벌이게 될 거야. 꼭 그렇게 될 거야."

그 싸움은 바로 그날 저녁에 벌어졌다. 저녁을 먹은 후 차 마실 시간이었다. 마침 이웃에 사는 한 지주가 화제가 되었다. 평소와 다름없이 별로 말이 없던 바자로프가 무심코 입을 열었다. 그는 그 지주를 알고 있었다. 페테르부르크에서 만날 기회가 있었던 것이다.

"그는 썩은 속물 귀족입니다."

그 기회를 파벨이 놓칠 리 없었다.

"내 한 가지 물어보지." 파벨의 입술이 떨렸다. "자네 생각에 '썩은'과 '귀족'은 같은 의미인가?"

"저는 '속물 귀족'이라고 말씀드렸습니다." 바자로프는 차를 한 모금 마시면서 대답했다.

"내 말이 그 말이야. 자네는 귀족을 속물로 여기고 있는 것 같다 이 말씀이야. 나는 그 의견에 동의할 수 없음을 밝히는 게 내 의무라고 생각한다네. 내 감히 말하지만 사람들은 나를 자유주의자로, 진보를 사랑하는 사람으로 알고 있지. 바로 그 이유 때문에 나는 귀족, 진정한 귀족을 존중한다네. 자, 귀하(이 말에 바자로프는 고개를 들어 파벨 페트로비치를 쳐다보았다)의 생각은 어떠하신지. 영국 귀족들은 자신의 권리를 조금도 양보하지 않으면서 타인의 권리는 존중하지. 귀족으로서의 의무도 잘 지키고…… 그들은 영국에 자유를 주었고, 영국을 위해 그 자유를 유지하고 있단 말이야."

"그런 이야기를 여러 번 들은 적이 있지요. 하지만 그걸로 뭘 증명하시겠다는 거지요?"

"내가 귀하에게 증명하고 싶은 건, 개인적인 위엄과 자기 자신에 대한 존경심이 없다면—그게 바로 귀족들의 특징인데—공익, 혹은 사회라는 건조물의 기초가 세워질 수 없다는 거야. 개성, 그렇지, 개성은 반석처럼 굳건한 거라네. 모든 것이 그 위에 세워지는 것이지. 나는 귀하가 나의 습성과 옷차림을 우스꽝스럽게 여긴다는 걸 잘 알고 있지. 하지만 그 모든 것은 다 자존심에서 나온 거라네. 일종의 의무, 그래, 바로 의무이기도 하지."

그러자 바자로프가 그의 말을 받았다.

"실례지만 어르신은 그렇게 자존심을 지키면서 팔짱을 끼고 앉아 있기만 하지요. 그게 공익에 어떤 도움이 된다는 거지요?"

"그건 또 다른 문제지. 내가 자네에게, 자네 말대로 왜 이렇게 팔짱을 끼고 앉아 있는지 설명할 필요는 전혀 없지. 내가 말하고 싶은 건, 귀족주의라는 것은 하나의 원칙이라는 거라네. 원칙 없이 사는 인간들이란 부도덕하고 바보 같은 인간들이지."

"우리에게 그런 원칙이나 논리가 무슨 필요가 있습니까? 그런 거 없이도 사람은 잘 지냅니다."

"아니 도무지 이해할 수가 없군. 어떻게 원칙과 논리가 없이 잘 지낼 수 있다는 거지?"

그때 아르카디가 끼어들었다.

"큰아버지, 우리는 그 어떤 권위도 인정하지 않는다고 말씀드렸잖아요."

이번에는 바자로프 자신이 입을 열었다.

"우리는 우리에게 유익하다고 인정하는 것에 따라 행동합니다. 이 시대에는 부정하는 것이 가장 유익하다고 생각하기에 우리는 부정하는 겁니다."

"모든 것을?"

"네, 모든 것을요."

"뭐라고? 예술과 시까지? ……정말이지…… 입 밖에 내기도 두렵군…….."

"사실입니다. 저희는 모든 것을 부정합니다." 바자로프는 더할 나위 없이 침착하게 되풀이했다.

파벨 페트로비치는 그를 빤히 쳐다보았다. 그는 이 정도까지일 줄은 짐작조차 하지 못했다. 아르카디는 만족스러운 듯 밝은 얼굴을 하고 있었다.

"모든 것을 부정한다? ……그렇다면…… 보다 정확히 말해서 모든 것을 파괴한다는 거로군…… 하지만 건설도 해야 하는 것 아닌가?"

"그건 지금 우리가 해야 할 일이 아닙니다. 우선 터전을 깨끗하게 만들어야 합니다."

그러자 아르카디가 약간 거드름을 피우며 다시 끼어들었다.

"민중들이 지금 상황에서 그걸 원하고 있어요. 우리는 그 요구에 응해야만 해요. 개인적 이기심이나 채우면서 지낼 권리는 없어요."

그러자 파벨이 갑자기 열을 내며 외쳤다.

"아니야! 절대 아니야! 자네들 젊은 사람들이 진정으로 러시아 민중들을 알고 있다고는 믿을 수 없어. 자네들이 그들의 요구를 대변한다고 믿을 수 없어. 러시아 민중들은 자네들이 상상하는 그런 존재가 아니야. 그들은 전통을 신성시해. 그들은 가부장적이야. 그들은 신앙 없이는 살아갈 수 없어."

"그 말을 반박하지는 않겠습니다. 백부님이 옳다는 데 동의할 수도 있습니다. 하지만 마찬가지입니다. 그 사실이 증명할 수 있는 건 아무것도 없습니다."

"아무것도 증명할 수 없다? 그게 무슨 말이지? 그렇다면 자네들은 러시아 민중에게 거역하겠다는 건가?"

바자로프의 목소리가 높아졌다.

"그게 어때서요? 민중은 천둥이 치면 예언자 일리야가 마차를 타고 하늘을 날고 있다고 상상합니다. 그렇다면? 그들의 생각에 동의해야 하나요? 게다가, 러시아 민중이라고 하셨나요? 저도 마찬가지로 러시아 민중입니다."

"아니야, 자네 말을 듣고 있으면 자네는 절대로 러시아 민중이 아니야. 자네를 러시아인으로 인정할 수 없어. 자네는 여느 러시아인들과 달라."

"제 할아버지는 땅을 갈았습니다. 러시아 농부 아무나 붙잡고 물어보시지요. 저하고 백부님 중에 누구를 더 러시아인으로 생각하는지……."

"흥, 그들에게 말을 걸면서 동시에 그들을 경멸하지 않는가?"

"경멸해야 한다면 마땅히 그래야 하지요. 백부님은 제 태도를 비난하시지요. 하지만 그게 우연히 그렇게 된 걸까요? 백부님이 옹호하시는 러시아 민족정신의 산물이 아니라고 말씀하실 수 있을까요?"

"기막힌 이야기로군! 정말로 니힐리즘은 써먹을 데가 많군 그래!"

"니힐리즘이 쓸모가 있는지 없는지는 우리가 결정할 일이 아닙니다. 백부님 같은 분까지도 자신을 무용한 인간으로 여기지는 않으실 테니까요."

그때 니콜라이 페트로비치가 엉거주춤 자리에서 일어나며 큰 소리로 말했다.

"제발, 제발! 인신공격은 삼가도록 하게!"

그러자 파벨 페트로비치가 웃음을 띤 채 동생의 어깨에 손을 얹고 다시 자리에 앉힌 다음 말했다.

"걱정하지 말게. 저 의사 선생이 내 자존심을 아무리 건드려도 흥분하지 않을 테니."

이어서 그가 다시 바자로프에게 물었다.

"자, 의사 선생, 내가 한 가지 묻지. 자네는 자네의 주장이 새로운 거라고 우기지는 않겠지? 만일 그렇다면 큰 잘못을 범하는 거지. 자네가 설파하는 유물론은 이미 유행했던 거야."

"또 그런 이론! 우리가 믿는 건 이론이 아닙니다. 또 우리는 아무것도 설파하지 않습니다. 그건 우리가 갈 길이 아닙니다."

"그렇다면 도대체 뭘 하겠다는 건가?"

"말씀드리지요. 얼마 전까지만 해도 우리 러시아 사람들은 이렇게들 말했지요. 러시아 관료들은 뇌물을 받고 있고, 우리에

제3장

게는 도로도 없고 상업도 없으며 공정한 재판도 없다고…….”

“알겠네, 그러니까 개혁을 하겠다는 거로군. 개혁가라고 부르면 마땅하겠군. 나도 얼마간 개혁이 필요하다고 생각하지. 하지만…….”

“우리는 말을 의심합니다. 우리 사회의 병폐에 대해 언제까지나 말만 할 뿐 아무 행동도 하지 않는 건 아무 가치가 없습니다. 그저 피상적인 공론이나 현학자만 만들어낼 뿐이지요. 이른바 진보 인사니, 개혁가니 하는 우리 사회의 지도자들은 아무 쓸모가 없습니다. 그저 어리석은 짓이나 하느라 바쁘고, 예술이니, 무의식의 창조성이니, 의회제도니, 사법부 같은 것에 대해 쓸데없는 말만 남발하고…… 그러는 사이, 일용할 양식이 부족해지고 조잡한 미신에 다들 질식하게 되며 우리 기업들은 파산합니다. 그런 것들을 제대로 수행해낼 정직한 사람들이 없기에 벌어지는 일입니다. 정부가 힘을 기울이고 있는 농노해방이요? 그것도 소용없습니다. 농부들은 술집에서 진탕 퍼마시기 위해 기꺼이 도둑질도 마다하지 않을 테니까요.”

“좋아, 좋아! 그런 모든 걸 확신하고 있기에 그 어느 것도 진지하게 받아들이지 않겠다, 이거로군.”

“그래요, 아무것도 하지 않기로 결심했어요.” 바자로프가 우울하게 되받았다. 그는 이 귀족 앞에서 장황하게 이런저런 이야기를 떠들어댄 자신에 대해 화가 났다.

"그저 욕이나 해대고?"

"네, 그저 욕이나 해대고요."

"그게 소위 니힐리즘인가?"

"그게 소위 니힐리즘이지요." 그는 파벨의 말을 대단히 무례한 태도로 그대로 반복했다.

파벨 페트로비치는 눈을 가늘게 뜨고 아주 침착한 어조로 말했다.

"그렇군! 니힐리즘이 우리의 모든 문제를 치유해준다 이거로군! 그렇다면 귀하는 우리의 영웅이요, 구원자로군! 그런데 귀하는 왜 다른 개혁가들까지 욕하는가? 자네들도 다른 사람들처럼 입만 내세우는 게 아닌가?"

바자로프는 아무 대답도 하지 않았다. 파벨이 말을 계속했다.

"흠. 파괴하는 행동은 하는 셈이로군. 하지만 왜 그러는지도 모르면서 어떻게 파괴를 한단 말인가?"

그러자 다시 아르카디가 끼어들었다.

"우리가 힘이기 때문에 파괴하는 거예요."

파벨은 조카를 바라보더니 웃음을 터뜨렸다.

"그래요, 힘은 계산 같은 건 하지 않는 겁니다." 아르카디가 덧붙였다.

파벨 페트로비치는 더 이상 참지 못하고 고함을 질렀다.

"이 불쌍한 녀석아! 네가 네 나라를 위해 무슨 짓을 하고 있는지나 알아라! 정말 도무지 참을 수가 없구나! 힘이라고? 아무리 미개한 나라라도 힘은 있어. 그런 힘이 우리에게 왜 필요하냐? 우리에게 필요한 건 문명이야. 그리고 그 문명이 가져다줄 열매야. 그런 열매가 쓸모없다는 소리는 제발 하지 마. 아무리 보잘것없는 삼류 시인도, 하루 저녁에 5코페이카만 받는 무도회 피아노 연주자도 너희보다는 쓸모가 있어. 왜냐고? 그들은 힘을 보여주는 게 아니라 문명을 보여주고 있기 때문이지. 이보게, 니힐리스트들! 잘 기억해둬! 자네들 숫자는 한 줌도 안 돼! 그리고 자기네들의 신성한 전통이 짓밟히는 꼴을 가만히 두고 보지 않을 사람들은 수백만이야! 그들이 자네들을 짓밟아버릴걸!"

"만약 그들이 우리를 짓밟는다면, 기꺼이 감수하지요." 바자로프가 말했다. "그리고 우리 수가 생각하시는 만큼 적지도 않습니다."

"어허, 이 유행병이 그렇게 널리 퍼져 있다 그 말이로군. 요즘 청년들은 그저 '세상만사는 모두 무의미해!'라고 말하면 된다 이거로군. 대단한 신념이야! 대단한 교리야!"

"너무 지나치신 말씀입니다. 논쟁이 너무 멀리 나갔습니다. 이만하는 게 좋겠습니다." 바자로프는 자리에서 일어나면서 덧붙였다. "만일 우리의 현대 생활에서 너무 완벽해서 파괴할 필요가 없는 제도를 하나만이라도 제시해주신다면 기꺼이 어르신의 의견에 동조하겠습니다. 가정이건 사회건 말입니다."

"그런 제도야 얼마든지 보여줄 수 있지. 얼마든지! 자, 예를 들면 촌락공동체 같은 것!"

바자로프의 입가에 비웃음이 떠올랐다.

"그 이야기는 어르신 동생분과 해보시는 게 낫겠군요. 지금 직접 체험하고 계시니까요. 거기에 과연 문제가 없나요?"

"그렇다면 가정은 어떤가? 지금 농부들이 모두 꾸려가고 있는 가정 말일세."

"그것도 자세히 이야기를 나누지 않는 게 좋을 겁니다. 거기에 모순이 없나요? 며느리를 고를 때 가장이 휘두르는 권위에 대해 모르세요? 어르신, 한 이틀 정도 여유를 드리겠습니다. 당장 생각해네시기 힘들 테니까요. 우리 러시아의 전 계급을 고려해보시고 그들에 대해 곰곰 생각해보세요. 그동안 아르카디와 저는……."

"모든 걸 조롱하고 있겠지."

"아닙니다. 개구리를 해부해야 합니다. 자, 아르카디 가자. 어르신들, 그럼 이만……."

두 친구는 응접실을 나섰고, 두 형제는 서로의 얼굴을 쳐다보았다.

동생이 형에게 말했다.

"형님, 전에 어머니와 말싸움했던 게 생각나네요. 어머니는 소리만 지르시면서 제 말은 들으려고도 하지 않으셨지요. 결국 저는 '어머니는 저를 이해하실 수 없어요. 우리는 세대가 다르니까요'라고 말해버렸죠. 그런데 이제 우리 차례가 된 셈이에요."

"자네는 너무 너그럽고 겸손해서 탈이야. 나는 자네나 내가 저 애들보다는 옳다고 확신해. 우리가 약간 낡은 언어를 쓰고 구식인지는 모르지만, 그리고 저 애들처럼 확신에 차 있지는 않지만……."

약 30분 후 니콜라이 페트로비치는 홀로 정원의 정자로 향했다. 그의 마음은 쓸쓸했다. 페테르부르크에서 아들 친구들과 어울렸던 것도 다 쓸데없는 짓인 양 여겨졌다. 그는 생각했다.

'형님은 우리가 낫다고 말씀하시지만 젊은 애들에게는 우리에게 없는 뭔가가 있는 것 같아. 젊어서 그런가? 아니야. 그것만은 아닌 것 같아. 혹시 우리보다 지주 귀족계급의 흔적이 적어서일까?'

그는 다시 생각에 잠겼다.

'하지만 시와 예술을 온통 부정하는 건? 자연에 공감하지 않는 건?'

그는 자기 생각을 확인하려는 듯 주위를 둘러보았다. 날은 이미 저물어 태양은 사시나무 숲 뒤로 숨어버렸다. 하지만 저 멀리 보이는 농부의 모습, 언뜻언뜻 보이는 말들과 쭉 뻗은 다리, 사시나무 나뭇잎, 저녁놀에 물든 하늘, 하늘 높이 날고 있는 제비들, 가지 위를 날아다니는 벌과 날벌레들, 이 모든 것이 너무 정겹고 너무 좋았다.

그의 입에서 저절로 애송시 한 구절이 나오려 했다. 하지만 아르카디가 준 『힘과 물질』이 머리에 떠오르자 그는 입을 다물었다. 그리고 공상에 빠졌다.

그는 죽은 아내의 모습을 띠올렸다. 그녀를 처음 보았을 때 떨리던 가슴! 대학생 때였지. 수줍은 만남과 더듬거리며 이야기를 나누던 모습…… 그 달콤한 첫 순간들…… 이런 감상도 다 구식이란 말인가? 그런 행복한 순간이 영원하기를 바라는 것도 망상에 불과하단 말인가? 그는 다시 한번 아내 마리아의 따스한 숨결을 느끼고 싶었다.

그때 가까운 곳에서 "여기 계세요?"라는 목소리가 들렸다. 페네치카의 목소리였다. 그는 놀랐다. 고통스럽거나 부끄러워서가 아니었다. 그는 결코 죽은 아내와 페네치카를 비교 대상으로 삼아본 적이 없었다. 그가 놀란 것은 감히 그녀가 자신을 찾아 나섰기 때문이다. 그녀의 목소리는 그를 당장 현재의 자신, 백발이 성성한 노인으로 돌아오게 했다. 과거의 매혹적인 세계는 이내 흔들리며 사라져버렸다.

"나 여기 있어. 곧 갈 테니 물러가요."

그 말을 하면서 그에게 '이런 것도 귀족 기질의 흔적인가?'라는 생각이 퍼뜩 떠올랐다.

그는 자신이 공상에 잠겨 있는 동안 이미 밤이 된 것을 알고 깜짝 놀랐다. 그는 페네치카가 안으로 들어간 다음에도 안으로 들어가지 않고 천천히 정원을 거닐었다. 피로가 느껴질 정도로 오래 걸었지만 그 무언가를 갈구하는 듯한, 모호한 불안감이 내내 가시지 않았다. 지금 그의 마음속에 일고 있는 감정을 바자로프가 알았다면 얼마나 비웃었을 것인가! 마흔넷이나 된 농학자의 눈에 까닭 모를 눈물이 핑 돌다니! 그는 한참 동안 정원을 거닐었다. 그는 불빛들이 비치는 평화롭고 아늑한 보금자리로 쉽게 돌아갈 수 없었다. 그 어둠, 그 정원, 얼굴을 스치는 신선한 공기의 감촉, 그 우수, 무언가 간절히 갈구하는 불안과 쉽게 헤어질 수 없었기 때문이다.

그날 밤 바자로프가 아르카디에게 말했다.

"아르카디, 아주 좋은 생각이 떠올랐어. 오늘 자네 아버지가 친척에게 초대를 받았다고 했지? 그런데 안 가신다고 했지? 우리가 대신 가는 게 어때? 날씨도 좋겠다, 좋은 구경거리가 될 거야. 한 대엿새 거기서 지내보자고."

"갔다가 다시 이리 올 건가?"

"아니, 나는 아버지에게 가봐야 해. ***시에서 30킬로미터 정도 떨어진 곳에 계셔. 부모님을 뵌 지가 오래됐어. 둘 다 좋은 분들이야. 특히 아버지는 정말 재미있으신 분이야. 나는 외아들이야."

"집에 오래 있을 거야?"

"그럴 생각은 없어. 심심할 거야."

제3장

63

"돌아오는 길에 우리 집에 다시 들를 거야?"

"두고 봐야지. 어때? 떠날 거야?"

"그러지." 아르카디는 짐짓 심드렁하게 대답했다. 사실은 친구의 제안이 너무 반가웠지만 자신의 감정을 숨기는 것이 의무라고 생각했다. 아르카디 같은 사람이 니힐리스트가 되려면 그런 정도 대가는 치러야 했다.

다음 날 둘은 ***시를 향해 출발했다. 마리노 마을의 젊은이들은 아쉬워했고 두냐샤는 눈물을 흘리기까지 했다. 하지만 어른들은 안도의 숨을 내쉬었다.

제4장

  우리의 젊은 친구들이 찾아간 ***시는 젊은 현(縣)지사의 관할하에 있었다. 지사는 러시아에서 흔히 볼 수 있듯 진보주의자였고 폭군이었다.

  그는 부임하자마자 근위부대 장교였다가 퇴직한 지방의회 의장과 싸웠으며 자신이 부리는 수하 관료들과도 사이가 나빴다. 그가 너무 많은 물의를 일으키자 페테르부르크의 중앙정부는 특별 조사단을 파견하여 진상을 조사하도록 조처를 했다. 정부는 그 임무를 마트베이 일리치 콜랴진에게 맡겼다. 그는 한때 키르사노프 형제의 후견인이었던 콜랴진의 아들로서 최근에 마흔을 넘긴 비교적 젊은 사람이었다.

  그는 조사 대상인 지사와 마찬가지로 급진 당원이었다. 그는 허영심이 강해서 가슴에 무수히 훈장을 달고 다녔다. 그는 언제나 온화한 미소를 띤 채 겸손하게 사람들의 말에 귀를 기울였기에 그를 처음 만난 사람들은 거의 모두 '유쾌하고 좋은 사람'으로 여겼다.

하지만 그는 금세 본모습이 탄로 났으며 조금이라도 경험이 있는 관리라면 그를 마음껏 가지고 놀 수 있었다. 그는 자기가 결코 시대에 뒤떨어지지 않은 관료인 척했고 현대사회의 중요한 현상들에 대해 지대한 관심과 지식을 갖춘 것처럼 행세했다. 하지만 그 모든 것은 수박 겉핥기식이었으며 처세를 위한 수단에 불과했다. 그는 처세술 능한 궁정 조신(朝臣)이었고 대단한 위선자였을 뿐 그 이상도 그 이하도 아니었다. 그는 일에 대한 재능도 없었고 똑똑하지도 않았다. 다만 자기가 맡은 일을 어떻게 성공적으로 처리해야 하는지 그 방법에서만큼은 아무도 그를 따라올 수 없는 재주를 지니고 있었다. 단언하지만 그보다 중요한 게 어디 있겠는가!

마트베이 일리치는 자기 사무실에서 계몽된 고위 관리의 태도로 아르카디를 반갑게 맞았다. 좀 더 정확히 말한다면 약간 장난스럽게 맞았다고 하는 것이 옳을 것이다. 그는 그가 초대한 사촌들이 오지 않은 것을 보고 놀랐지만 "자네 아버지는 늘 별난 사람이었지"라는 한마디로 어색함을 마무리 지었다.

그는 조카에게 지사가 개최하는 무도회에 함께 가자고 권했다. 그리고 그 무도회는 바로 자신을 위해 여는 것이라는 말을 덧붙였다.

"어때, 춤은 좀 추겠지?"

"좀 추긴 하지만…… 잘 못 춰요."

"그거 안됐군. 예쁜 처녀들이 많은데…… 암튼 이곳 귀부인들을 소개해주지. 자네를 내 날개 밑에 품겠다, 이거야."

숙소로 돌아온 아르카디는 함께 지사에게 찾아가자고 바자로프를 설득했다. 바자로프는 마지못해 응낙했고 둘은 지사를 방문했다. 아르카디의 소식을 이미 듣고 있던 지사는 그들을 반갑게 맞았다. 그리고 둘을 무도회에 정식으로 초대했다.

그들이 지사를 방문하고 숙소로 돌아오는 길이었다. 옆으로 지나가던 경사륜마차에서 슬라브식 전통 복장을 한 작달막한 사내가 뛰어내리더니 바자로프에게 다가오며 "예브게니 바실리예프!"라고 반갑게 소리쳤다.

"아니, 이거 시트니코프 아닌가? 여긴 어쩐 일인가?" 바자로프는 걸음을 멈추지 않은 채 말했다.

그 친구가 경사륜마차를 향해 따라오라고 손짓한 후 말했다.

"길에서 이렇게 만나다니! 실은 아버지가 이곳에서 일하고 계셔. 자네가 왔다는 소식을 듣고 숙소에도 갔었어. 혹시 지사에게 갔다 오는 건 아니겠지?"

"맞아. 방금 만나고 오는 길이야."

"아, 그래? 예브게니, 내게 소개를 좀 해줘야지. 이분…… 자네의……."

"시트니코프, 키르사노프." 바자로프는 걸음을 멈추지 않은 채 중얼거렸다.

시트니코프는 아르카디 옆으로 다가와 싱글거리면서 장갑을 벗으며 말했다.

"아, 말씀 많이 들었습니다. 예브게니 바실리치와는 오랜 친구 사이입니다. 하지만 제자라고 하는 게 나을 겁니다. 이 친구 덕분에 다시 태어날 수 있었으니까요. 정말입니다. 이 친구가, '그 어떤 권위도 인정해서는 안 된다'라고 말했을 때 내가 얼마나 감격했던지…… 마치 두 눈이 번쩍 뜨이는 것 같았어요. '아, 이제야 제대로 된 인물을 만났구나!'라고 생각했지요."

아르카디는 바자로프의 제자를 바라보았다. 유쾌한 표정을 짓고 있었지만 푹 꺼진 작은 눈에는 뭔가 불안한 빛이 서려 있었다.

시트니코프가 말을 이었다.

"그건 그렇고, 예브게니, 여기 온 김에 자네가 꼭 만나봐야 할 여자가 있네. 자네를 진정으로 이해할 수 있는 여자야. 자네가 방문하면 정말 기뻐할걸. 혹시 자네도 그 여자 이야기를 들었을지도 몰라."

"도대체 어떤 여자인데 그러나?" 바자로프가 내키지 않는다는 투로 물었다.

"예브독시아 쿠크쉬나라는 여자지. 정말 훌륭한 여자라네. 진정한 의미에서 해방된 여성이고 진보적인 여성이지. 이곳에서 아주 가까워. 어때? 우리 그 집에서 점심을 함께 하지. 아직 식사 안 했지?"

"안 했어."

"잘됐어. 남편과 갈라선 여자야. 누구에게도 매여 있지 않지."

"예쁜가?" 바자로프가 그의 말을 끊었다.

"아니, 그렇다고 할 수는 없어."

"그렇다면 왜 그렇게 그녀를 만나보라고 하는 거야?"

"에이, 무슨 그런 소리를…… 암튼 기꺼이 샴페인 한 병을 내놓을 거야."

"그래? 이제야 현실적인 인간이 된 것 같군. 그런데 자네 아버지는 아직도 주류 판매업을 하고 있나?"

"응" 하고 그는 서둘러 대답하고는 발작적으로 날카로운 웃음을 터뜨렸다.

"어때 가보겠나?"

"모르겠어."

그러자 보고만 있던 아르카디가 한마디했다.

"이곳 사람들을 많이 만나보려고 여기 온 것 아닌가? 가보지그래?"

바자로프가 마지못해 그러는 듯 "그러지 뭐"라고 말하자 시트니코프는 아르카디도 함께 가자고 권했고 아르카디는 동의했다.

아브도치야, 혹은 예브독시아 니키티쉬나 쿠크쉬나의 집은 최근에 큰불이 난 적이 있는 X가(街)에 자리 잡고 있었다. 초인종을 누르자 한 여자가 나와서 문을 열어주었다. 하인 같기도 했고 주인의 친구 같기도 한 그 여자는 실내모를 쓰고 있었다. 이 집 주인이 진보적이라는 것을 보여주는 확실한 표시였다.

세 명은 응접실로 들어갔다. 하지만 방은 응접실이라기보다는 작업실, 혹은 서재 같았다. 먼지가 쌓인 책상 위에는 종이와 편지, 대부분 뜯지도 않은 잡지들이 쌓여 있었고 여기저기 담배꽁초들이 아무렇게나 뒹굴고 있었다. 가죽을 씌운 소파 위에 아직 젊은 부인이 반쯤 몸을 눕힌 채 앉아 있었다. 머리는 헝클어져 있다고 할 정도였으며 별로 깨끗하지 않은 비단 가운을 걸치고 있었다.

그녀는 소파에서 일어나더니 안에 노란담비 가죽을 댄 벨벳 망토를 아무렇게나 어깨에 걸쳤다. 그녀는 느린 말투로 시트니코프에게 인사를 건넸다.

"안녕하세요, 빅토르."

"바자로프, 키르사노프." 시트니코프는 바자로프를 흉내 내어 딱딱 끊어서 친구들을 소개했다.

"어서들 오세요. 바자로프, 난 이미 당신을 알고 있어요. 빅토르에게 들었어요."

바자로프는 얼굴을 찡그렸다. 이 '해방된 여성'이라는 별로 예쁘지 않은 여성에게서 특별히 혐오감을 느낄 만한 것은 없었다. 하지만 그녀의 표정은 보는 이에게 뭔가 불쾌감을 주었다. 마치 그녀에게 이렇게라도 묻고 싶어질 정도였다.

"도대체 뭐가 문제지요? 배가 고픈가요? 혹은 싫증이 난 건가요? 아니면 부끄러워서? 왜 그렇게 안절부절못하는 거지요?"

그녀는 극도로 자유로운 듯 말하고 행동했지만 뭔가 어색해 보였다. 그녀는 분명 자신을 선량하고 솔직한 사람으로 간주하고 그런 식으로 행동했다. 하지만 그녀가 무슨 행동을 하건 꼭 하고 싶지 않은 일을 하는 것 같았다. 흔히 말하듯 모든 행동이 일부러 꾸미는 것처럼 보였다. 말하자면 솔직하지도 않았고 자연스럽지도 않았다.

결론부터 말하자. 그날 그녀의 집을 나서면서 바자로프는 매우 기분이 나빴다. 점심 대접도 받았고 샴페인도 네 병이나 마셨지만 그녀의 행동, 그녀의 말이 마음에 들지 않았던 것이다. 예를 들면 이런 식이었다.

그가 농담 투로 "화학적 관점에서 볼 때 고기 한 점이 빵 한 조각보다 낫지요"라고 말하자 그녀가 얼른 말을 받았다.

"어머, 화학을 전공하세요? 내가 정말 좋아하는 건데…… 내가 이제까지 없던 새로운 화합물을 만든 거 알아요?"

"화합물을? 당신이?"

"그래요. 왜 만들었는지 알아요? 인형 머리가 떨어지지 않게 하려고 만든 거예요. 정말 실제적이지 않아요?"

그런 후 그녀는 이른바 실용주의에 관한 책들, 문학, 논문에 대해 추상적인 이야기를 늘어놓았다.

그녀와 시트니코프가 떠들어대는 데 질려서 바자로프는 화제를 돌리고 싶었다. 그가 그녀에게 물었다.

"여기에도 예쁜 여자들이 있습니까?"

그러자 그녀가 신나게 떠벌였다.

"있지요. 하지만 전부 머리가 텅 비어 있어요. 예를 들어 내 친구 오딘초바 부인은 예쁘게 생겼지요. 하지만 그 애에 대한 평판은 애처로울 지경이에요…… 하긴 그런 건 별로 중요하지 않지만…… 어쨌든 걔는 자기만의 자유로운 관점도 없고 생각도 넓지 않고…… 정말 아무것도 없어요. 교육제도가 확 바뀌어야 해요. 저는 그 문제를 정말 심각하게 생각해요."

그녀가 오딘초바 부인에 대해 비난을 하자 바자로프는 오히려 호기심이 생겼다. 더욱이 예쁘다지 않은가!

"그 오딘초바 부인이라는 여자에 대해 자세히 이야기 좀 해 보세요. 어떤 여자입니까?"

"아름답지! 아주 매력적이야!" 이야기를 듣고 있던 시트니코프가 큰 소리로 말했다. "내가 자네에게 소개해줄게. 현명하고 부자인데다 과부야. 유감스럽지만 아직 완전히 개화되지는 못

했어. 우리 예브독시아에게 더 많은 걸 보고 배웠어야 해. 자, 예브독시아, 당신을 위하여 건배! 자, 잔을 부딪칩시다. 자, 짜잔!"

그런 후 그들은 말 그대로 진탕 마셨다. 쿠크쉬나는 계속 지껄였고 시트니코프는 계속 맞장구를 쳤다. 그들은 결혼에 대하여, 인간이 평등한지 아닌지에 대하여, 인간의 개성이란 무엇인가에 대하여 계속 이야기를 나누었다. 그리고 술에 취해 얼굴이 새빨개진 쿠크쉬나가 조율 안 된 피아노를 마구 두드리며 갈라진 목소리로 노래를 불렀고 시트니코프가 제멋대로 따라 할 지경에까지 이르렀다.

> 그리고 그대의 입술이 내 입술에
> 불타는 키스를 퍼부을 때

마침내 아르카디가 참지 못하고 소리를 질렀다.
"이봐요들! 이거 꼭 정신병원 같군!"
주로 샴페인에만 빠져 있던 바자로프는 여주인에게 인사도 않고 아르카디와 함께 밖으로 나와버렸다. 시트니코프도 뛰쳐나와 그들 뒤를 따랐다.
"그래, 어때?" 시트니코프가 그들 좌우를 이리저리 뛰어다니며 물었다. "정말 굉장한 여자잖아! 저런 여자들이 더 많았으면! 그녀는 정말 드높은 도덕심을 나름대로 보여주고 있는 거야."

그러자 그들이 막 지나치고 있는 술집을 손가락으로 가리키며 바자로프가 말했다.

"그렇다면 네 아버지가 하는 일도 드높은 도덕심을 보여주는 건가?"

시트니코프는 다시 한번 날카로운 웃음을 터뜨렸다. 그는 자신의 출신을 매우 부끄럽게 여기고 있었다. 그는 바자로프가 '자네'라는 호칭 대신 '너'라는 친근한 호칭을 사용한 데 대해 기뻐해야 할지 아니면 모욕으로 여겨야 할지 알 수 없었다.

제4장

제5장

　　며칠 후 지사의 저택에서 무도회가 열렸다. 지사가 주최한 무도회였지만 무도회의 진짜 주인은 마트베이 일리치였다. 그는 마치 자기가 주인인 양 모든 사람을 반갑게 맞으며 인사를 나누었고 정작 지사는 이것저것 지시하느라 바쁘기만 했다.

　　무도회에는 우리의 두 주인공 외에 시트니코프도 나타났고 쿠크쉬나도 나타났다. 사람들이 많아서 춤출 남자의 수는 부족하지 않았고, 그것이 우리의 두 주인공에게는 아주 잘된 일이었다. 우리가 잘 알고 있다시피 아르카디는 춤이 서툴렀고 바자로프는 춤을 전혀 추지 않았다. 무도회장 구석에 앉아 있는 그들 곁으로 시트니코프가 와서 앉았다. 그는 짐짓 다른 사람들을 경멸하는 듯한 눈길을 하고 있었다. 그는 거만하게 주위를 둘러보며 스스로 즐거워하고 있는 것 같았다. 그런데 갑자기 그의 표정이 바뀌더니 아르카디를 보며 약간은 당황한 듯 말했다.

"오딘초바 부인이 왔네."

아르카디는 뒤를 돌아보았다. 검은 옷을 입은 키 큰 여인이 문 앞에 서 있었다. 그는 그녀의 우아한 태도에 충격을 받았다. 아름답게 균형 잡힌 몸매에 맑은 두 눈이 총명하게 은은히 빛나고 있었다. 정확히 말한다면 생각에 잠긴 표정은 아니었으며 입술에는 보일 듯 말 듯한 미소가 어려 있었다. 그녀의 얼굴에서는 우아하면서도 상냥한 힘이 동시에 느껴졌다.

아르카디가 시트니코프에게 물었다.

"저 여자를 알아요?"

"아주 잘 알지요. 소개해줄까요?"

"그래주시면…… 이 카드리유 춤이 끝난 다음에……."

카드리유가 끝나자 시트니코프는 아르카디를 오딘초바 부인에게 데려갔다. 그는 큰소리를 친 것과는 달리 그녀와 별로 친한 사이가 아니었는지 말을 더듬거렸고, 그녀는 그의 인사를 받고 약간 놀란 표정을 지었다. 하지만 아르카디의 성을 듣고는 반가운 표정을 지으며 혹시 니콜라이 페트로비치의 아들이 아니냐고 물었다.

"그렇습니다."

"아버님을 두 번 뵌 적이 있어요. 이야기도 많이 들었고요. 이렇게 알게 돼서 기뻐요."

그가 그녀에게 춤을 추느냐고 묻자 그녀가 말했다.

"당연하지요. 제가 춤도 못 출 만큼 늙어 보이나요?"

"무슨 그런 말씀을…… 그렇다면 마주르카 춤을 청해도 되겠습니까?"

오딘초바 부인은 우아한 미소를 지으며 좋다고 대답했다. 그리고 마치 출가한 누이가 남동생을 바라보는 듯한 표정으로 그를 바라보았다.

그녀는 스물아홉 살로 그보다 나이가 약간 많았다. 하지만 아르카디는 그녀 앞에서 마치 고등학생이나 대학 초년생이 된 것처럼 느껴졌고, 나이 차가 훨씬 많은 것처럼 여겨졌다.

그는 그녀와 마주르카를 추었고 계속 함께 이야기를 나누었다. 처음 그녀와 마주 앉았을 때 아르카디의 가슴은 두근거렸고 너무 수줍어서 무슨 말을 해야 할지 몰랐다. 하지만 오딘초바 부인의 차분함이 그에게 전해져 15분도 지나지 않아 그는 아버지와 큰아버지, 페테르부르크에서의 생활과 시골 생활에 대해 자유롭게 이야기할 수 있게 되었다.

남자들이 그녀에게 춤을 청할 때마다 그들의 대화는 중단되었지만, 그녀는 춤이 끝나면 다시 자리로 돌아와 그와 이야기를 나누었다.

아르카디는, 그녀의 눈과 아름다운 이마, 그녀의 달콤하고 위엄 있으며 총기 어린 얼굴을 이렇게 가까이 바라보면서 그녀와 이야기를 나누고 있다는 사실이 너무나 기뻤고 너무나 행복했다. 그녀는 말을 별로 많이 하지 않았지만 한 마디 한 마디에서 아는 것이 많음을 느낄 수 있었다.

그녀가 아르카디에게 물었다.

"아까 당신 곁에 함께 있던 분은 누구지요?"

"아, 그 친구를 보셨군요? 정말 잘생겼지요? 제 친구 바자로프입니다."

그는 바자로프에 대해 열심히 설명하기 시작했다. 어찌나 열정적으로 이야기했는지 오딘초바 부인은 자주 몸을 돌려 바자로프를 유심히 쳐다보곤 했다.

드디어 마주르카 타임이 거의 끝났다. 그녀와 헤어질 아쉬운 시간이 다가온 것이다. 음악이 멎자 그녀는 자리에서 일어나며 말했다.

"제집에 한번 오시겠다고 약속했지요? 친구분도 함께 오세요. 아무것도 믿지 않는 대담한 사람이 어떤 사람인지 궁금해요."

아르카디가 다시 바자로프 옆으로 오자 바자로프가 물었다.

"그래 어땠나? 좋았어? 조금 전 어떤 신사가 저 여자 이야기를 하던데. 그런데 '오, 저 여자는 정말! 정말!'이라고밖에 못 하더군. 어때? 자네가 보기에도 '오, 정말! 정말!'이었나?"

"그게 무슨 뜻인지 모르겠군." 아르카디가 대답했다.

"이런! 이렇게 순진할 수가!"

"그 신사가 무슨 뜻으로 그런 말을 한 건지 난 정말 모르겠어. 오딘초바 부인은 정말 매력적이야. 하지만 그녀의 행동은 냉정하고 엄격해…… 그러니……."

"하지만 그 밑에는…… 그게 더 짜릿한 법이지……."

"그럴 수도 있겠지. 하지만 그 이야기는 그만하지. 그녀가 자네를 알고 싶어해. 나와 함께 자기 집으로 오라고 했어."

"그래? 좋아. 그녀가 사교계 여왕이건 쿠크쉬나처럼 '해방된 여성'이건 아무 상관없어. 오랫동안 구경하지 못했던 멋진 어깨를 가지고 있더군."

아르카디는 바자로프의 비꼬는 말투에 마음속으로 상처를

받았지만 아무런 반박도 하지 않았다.

다음 날 오딘초바 부인이 묵고 있는 호텔 계단을 오르면서 바자로프가 아르카디에게 말을 건네고 있었다.

"그 여자가 어떤 포유동물에 속하는지 한번 보자고. 뭔가 좋지 않은 냄새를 풍긴단 말이야."

"아니 무슨 소리를 하는 거야? 천하의 바자로프가 그런 편협한 도덕관을……! 그래, 그녀가……." 아르카디가 놀라며 외쳤다.

그러자 바자로프가 그의 말을 함부로 잘랐다.

"이런, 자네 정말 멍청이로군. 내가 좋지 않다고 하면 실제로는 좋다는 걸 뜻한다는 걸 모른단 말인가? 자네 오늘 아침, 그녀가 좀 이상한 결혼을 했었다고 말했지? 하지만 돈 많은 늙은 이와 결혼하는 건 조금도 이상한 일이 아니야. 오히려 아주 현명한 일이지. 난 떠도는 소문은 믿지 않아. 그럴 만한 이유가 있었다고 생각해."

아르카디는 아무 대꾸도 하지 않고 호텔 방문을 두드렸다. 제복을 입은 젊은 하인이 두 청년을 커다란 방으로 안내했다. 잠시 후 오딘초바 부인이 간소한 아침 복장으로 나타났다. 봄

제5장

햇살 아래에서 보니 어제 무도회에서보다 훨씬 젊어 보였다. 아르카디가 바자로프를 소개했다. 오딘초바 부인은 어제와 마찬가지로 침착했지만 바자로프가 당황한 것 같은 모습을 보이자 아르카디는 내심 놀랐다. 바자로프 자신도 자신이 당황하고 있다는 것을 의식하고는 스스로에게 화가 났다.

'이게 뭐야 도대체! 내가 여자를 두려워하다니!'

그는 안락의자에 몸을 쭉 펴고 앉아 과장되게 편안한 자세를 잡고 이야기를 하기 시작했다. 오딘초바 부인은 맑은 두 눈을 그에게서 떼지 않았다.

안나 세르게예브나 오딘초바는 대단한 미남인 세르게이 니콜라예비치 로크테프의 딸로 태어났다. 그는 투기꾼이자 노름꾼으로 유명했다. 그는 15년 동안 페테르부르크와 모스크바에서 떠들썩한 생활을 하다가 결국 노름으로 전 재산을 잃고는 시골로 낙향할 수밖에 없었다. 그러나 시골로 돌아온 지 얼마 되지 않아 그는 스무 살의 안나와 열두 살의 카테리나, 두 딸에게 별 볼 일 없는 재산만 남기고 죽어버렸다. 그녀들의 어머니는 영락한 공작 가문 출신이었는데, 남편이 한창 전성기를 누릴 때 페테르부르크에서 세상을 떠났다.

안나의 시골 생활은 힘들었다. 그녀가 페테르부르크에서 받은 훌륭한 교육은 시골 생활에 아무런 도움도 되지 못했다. 게다가 아는 사람 하나 없었고, 도움을 구할 사람도 없었다. 아버지는 이웃을 경멸했고 교제를 피했고 이웃들도 그를 경멸했다.

안나는 궁리 끝에 이모인 아브도치야 스테파노바를 집으로 모셨다. 보호자로 삼기 위해서였다. 하지만 이 공작 집안 출신 노파께서는 성질이 고약하고 거만했다. 노파는 집에서 가장 좋은 방을 차지하고는 하루 종일 조카딸들에게 잔소리만 했다. 안나는 이모의 변덕을 다 견뎌내며 오로지 여덟 살 어린 동생의 교육에만 전념했다. 그녀는 그런 식으로 시골에서 삶을 허비해버릴 수밖에 없다는 사실을 체념하고 받아들였다. 하지만 운명은 그녀에게 전혀 다른 길을 마련해놓고 있었으니…….

오딘초프라는 아주 부유한 사람이 안나를 보고 반해 청혼했다. 그녀는 그 청혼을 받아들였다. 그는 마흔여섯 된 뚱뚱한 남자로서 과도하게 건강을 염려하는 사람이었지만 바보는 아니었고 심성도 좋았다. 그는 6년간 안나와 살다가 막대한 재산을 그녀 앞으로 남기고 세상을 떠났다.

안나는 남편이 죽은 지 1년 후에 동생과 함께 독일에 잠시 머물렀다. 처음에는 외국 생활을 할 작정이었지만 곧 싫증이 나서 러시아로 돌아왔다. 그리고 평소에 좋아하던 니콜스코예에 자리를 잡았다. 니콜스코예는 ***시에서 40킬로미터 정도 떨어진 곳에 있는 마을이었다. 그곳에는 그녀 소유의 훌륭한 저택과 온실이 딸린 멋진 정원이 있었다. 죽은 오딘초프는 그녀를 위해서라면 아무것도 아끼지 않는 사람이었다.

그런 그녀에 대해 사람들은 마구 험담을 했다. 그녀가 아버지의 사기도박에 일조했다느니, 그게 들통나서 외국으로 도망갔다느니 하며 그녀를 모함했으며 '볼 장 다 본 여자'라고 수군거렸다. 그녀도 그런 험담과 소문을 듣고 있었지만 한 귀로 듣고 한 귀로 흘려 넘겼다. 그녀는 자유롭고 결단력이 있는 성격이었다.

그날 아르카디는 계속 놀라고 있었다. 무엇보다 바자로프가 당황하고 있는 것을 보고 놀랐다. 아르카디는 바자로프가 자신은 아무것도 믿지 않는다는 자신의 신념을 피력하리라고 기대하고 있었다. 그녀도 그런 대담한 사람을 만나보고 싶다고 이야기하지 않았는가? 그런데 그는 의학, 동종요법, 식물학 등에 관한 이야기만 하고 있었다. 아르카디가 가끔 화제에 끼어들어 한마디 했지만 오딘초바 부인은 그를 마치 동생처럼 대했을 뿐이었다.

작별하면서 그녀는 그들을 니콜스코예의 저택으로 초대했

다. 아르카디는 즉석에서 영광이라고 답했지만 바자로프는 얼굴만 붉히고 있었다. 아르카디는 그의 얼굴이 붉어지는 것을 보고 다시 한번 놀랐다.

그 집을 나서자 아르카디가 바자로프에게 말했다.

"그래, 어때? 아직도 '오, 정말! 정말!'인가?"

"공작부인이고 여왕일 뿐이야. 머리에 왕관을 쓰지 않았을 뿐이지."

"저렇게 러시아어를 잘하는 여왕도 있는가?"

"뭐, 좀 고생을 겪었으니 그렇겠지."

"어쨌든 매력적이지 않나?"

"그래, 정말 대단한 몸뚱이야! 해부대 위에 올려놓고 싶은걸!"

"예브게니! 그게 도대체 무슨 소린가!"

"됐어, 됐어. 뭐 그리 화를 내고 그래. 일등품이란 소리인데…… 암튼 그 여자 집에 가봐야겠어."

"언제?"

"모레쯤 가기로 하세. 우리 아버지 영지도 거기서 멀지 않아. 우물쭈물할 것 없어. 다시 말하지만 정말 굉장한 몸뚱이야."

제6장

사흘 후 두 친구는 니콜스코예로 가는 길을 역마차로 달리고 있었다. 날씨는 맑았고 그다지 덥지도 않았다.

가는 길에 갑자기 바자로프가 말했다.

"오늘이 6월 22일이지? 나를 축하해줘야 해. 오늘이 내 영명축일이야. 내 수호신이 나를 어떻게 돌봐주시는지 두고 봐야지. 집에서는 나를 기다리고들 있겠네. 하지만 어쩔 수 없지……."

안나 세르게예브나 오딘초바가 사는 저택은 교회에서 그다지 멀지 않은 언덕에 자리 잡고 있었다. 저택은 교회와 마찬가지로 알렉산드르식으로 지어져 있었다. 집에는 노란색이 칠해

저 있었으며 지붕은 녹색이었고 기둥은 하얀색이었으며, 문장이 새겨진 박공이 있었다. 집 양옆의 오래된 정원에는 나무들이 우거져 있었고 깨끗하게 다듬은 전나무 가로수 길이 현관까지 이어져 있었다.

현관에서 제복을 입은 두 하인이 그들을 맞이했고 곧이어 집사가 나타나서 둘을 응접실로 안내했다. 아주 깨끗하게 잘 정돈되어 있었으며 마치 장관의 접견실에서처럼 은은한 향기가 풍기고 있었다.

30분 정도 지나자 여주인이 응접실로 들어왔다. 가벼운 비단옷을 입고 머리칼을 귀 너머로 곱게 빗어 넘겨서인지 더 젊어 보였다.

그들을 보자 그녀가 환하게 웃으며 말했다.

"약속을 지켜주셨군요. 고마워요. 이곳에 며칠 머무르세요. 지낼 만한 곳이에요. 제 동생도 소개해드릴게요. 피아노를 잘 쳐요. 바자로프 씨야 관심이 없겠지만 키르사노프 씨는 음악을 좋아하시겠지요? 동생 말고도 이모님이 함께 지내고 계세요. 이웃 한 분이 가끔 카드를 하러 오지요. 제가 만나는 사람들은 그뿐이에요."

그들은 자리에 앉아 이런저런 이야기를 나누었다. 알고 보니 아르카디의 어머니와 오딘초바 부인의 어머니와는 잘 아는 사이였다. 아르카디의 어머니가 니콜라이 페트로비치와의 사랑 이야기를 털어놓을 만큼 둘은 친했다. 아르카디는 열심히 돌아가신 어머니에 대해 이야기를 했다. 그동안 바자로프는 앨범을 뒤적거리며 '내가 참으로 얌전한 고양이가 다 되었군'이라고 속으로 중얼거렸다.

그때 개 한 마리가 응접실로 뛰어 들어왔고 그 뒤를 따라 열여덟 살쯤 되어 보이는 처녀가 응접실로 들어왔다. 얼굴은 둥근 편이었고 머리칼도, 눈동자도 까만색이었고, 피부도 가무잡잡했다. 명랑한 표정의 처녀는 꽃이 가득 들어 있는 바구니를 들고 있었다.

"애가 우리 카챠예요." 오딘초바 부인이 처녀 쪽으로 고개를 돌리며 말했다.

카챠는 예쁜 미소를 지었는데 수줍어하는 것 같으면서도 꾸밈이 없는 미소였다. 그녀의 모든 것이 젊고 풋풋했다. 목소리나, 활짝 피어난 얼굴, 장밋빛 손, 하얀 손바닥, 다소 좁아 보이는 어깨, 그 모든 것이 갓 피어난 싱싱함을 간직하고 있었다.

오딘초바 부인이 바자로프에게 말했다.

"뭐 그렇게 혼자 그림을 보고 계세요? 이리 오셔서 우리와 토론이라도 해요."

"뭐에 대해 토론을 하지요?"

"아무거나요. 미리 말씀드리지만 저는 대단한 논쟁가랍니다."

"당신이?"

"그럼요. 왜 그렇게 놀라세요?"

"당신은 차분하고 조용해 보여서요. 논쟁을 잘하려면 좀 충동적이라야 하지 않나요?"

"어떻게 첫눈에 절 알아봤다고 말씀하시는 거지요? 저는 참을성이 없고 고집이 세요. 카챠에게 물어보세요. 게다가 저는 쉽게 어디엔가 빠져드는 성격이랍니다."

"논쟁을 좋아하신다니 좋습니다. 하지만 당신은 예술 같은 것에 대해 토론하길 원하실 것 같은데, 제게는 예술적 감각이 없습니다."

"그래요? 어떻게 예술적 감각 없이 살아갈 수 있지요?"

"그게 무슨 필요가 있느냐고 여쭤봐도 되겠습니까?"

"최소한 인간을 연구하고 이해하기 위해서라도 필요한 것 아닌가요?"

바자로프는 미소를 짓고 말했다.

"우선, 그런 건 삶의 경험이 대신해줄 수 있지요. 또한 각각의 개인을 연구하는 건 아무 쓸모가 없습니다. 모든 사람은 육체적으로나 정신적으로나 똑같습니다. 우리는 모두 비슷한 뇌, 비장, 심장, 허파를 갖고 있어요. 소위 정신적 자질이란 것도 완전히 똑같아요. 약간의 차이는 별 의미가 없지요. 단 한 사람의 표본만으로도 충분히 전체를 판단할 수 있어요. 사람이란 저 숲의 나무와 같습니다. 어떤 식물학자도 자작나무를 한 그루 한 그루 다 연구하지는 않잖습니까?"

그러자 오딘초바 부인이 반박했다.

"숲속의 나무와 똑같다? 당신 말대로라면 우둔한 사람과 현명한 사람 사이에도 차이가 없단 말인가요? 선량한 사람과 심술궂은 사람도 똑같단 말씀인가요?"

"차이가 있지요. 하지만 그건 건강한 사람과 환자 사이의 차이와 똑같은 겁니다. 폐병 환자의 폐는 건강한 사람의 폐와는 전혀 다르지요. 그런 질병을 낳는 원인을 찾아서 고쳐야 하지요. 정신의 질병도 마찬가지입니다. 나쁜 교육, 어릴 때부터 온통 주변을 둘러싸고 있는 어리석은 생각과 행동들, 온갖 추악한 사회적 환경 때문에 정신이 병드는 겁니다. 간단히 말해서 사회를 개혁하면 그런 병은 없어지지요."

말은 그렇게 하면서도 바자로프는 '믿거나 말거나 무슨 상관이람' 하는 표정과 태도를 보이고 있었다. 그는 긴 손가락으로 구레나룻을 쓰다듬으며 방을 이곳저곳 둘러보았다.

그러자 오딘초바 부인이 다시 반박했다.

"그럼 당신은 사회만 개혁하면 바보나 악한 사람이 없어질 수 있다는 건가요?"

"어쨌든 사회 구조가 공정하기만 하다면 사람이 바보건 현명하건, 착하건 악하건 아무 상관이 없다는 말입니다."

"알겠어요. 모두 똑같은 비장을 갖게 된다 이거군요."

"바로 그겁니다, 부인."

오딘초바 부인은 아르카디 쪽으로 몸을 돌리고 물었다.

"당신 의견은 어때요. 아르카디 니콜라예비치?"

"저도 예브게니와 같은 생각입니다."

그들의 말을 듣고 있던 카챠가 눈을 치켜뜨고 아르카디를 쳐다보았다.

그러나 그들의 논쟁은 더 이상 계속되지 못했다. 부인의 이모가 응접실로 들어왔기 때문이다. 얼굴이 오그라든, 깡마르고 작은 노파였다. 노파는 손님들에게 인사를 하는 둥 마는 둥 안락의자에 걸터앉았다. 그녀만 앉을 권리가 있는 전용 의자였다. 자매가 인사를 하자 그녀는 "또 개 새끼가 들어왔네"라고 소리첬다. 카챠가 문을 열어주자 개는 밖으로 나갔다. 하지만 자매는 비록 그녀에게 정중하게 대하고는 있지만 별로 신경을 쓰지 않는 눈치였다.

'그래, 체면치레를 위해 데려다놓은 거로군. 어쨌든 공작의 딸이니까……'라고 바자로프는 생각했다.

얼마 후 포르피니 플라토노비치라는 이웃 사람이 카드놀이를 하러 왔다. 오딘초바 부인이 바자로프에게 함께 하지 않겠느냐고 물었고, 그는 응했다. 이어서 부인이 카챠에게 말했다.

"얘, 카챠. 아르카디 씨에게 피아노 연주 좀 해드리렴. 음악을 좋아하시니까. 우리도 들을 수 있게……."

카챠가 피아노 앞으로 갔고 아르카디도 마지못해 함께 갔다. 오딘초바 부인이 자신을 따돌리는 것 같아 가슴이 쓰렸다.

카챠는 모차르트의 C단조 소나타-환상곡을 연주했다. 훌륭한 솜씨였다. 아르카디는 연주를 듣고 감동했다. 하지만 그 감동은 카챠를 향한 것이 아니었다. 그는 카챠의 옆얼굴을 바라보며 '연주도 꽤 잘하고, 얼굴도 제법 예쁘게 생겼군'이라고 생각했을 뿐이었다.

그날 바자로프는 돈을 잃었다. 큰 금액은 아니었지만 유쾌할 수는 없었다. 저녁 식사 도중에 오딘초바 부인이 식물학에 대한 이야기를 꺼내며 바자로프에게 다음 날 함께 산책할 것을 제안했다. 들풀의 라틴어 학명을 배우고 싶다는 이유에서였다.

둘이 함께 방으로 오자 아르카디가 바자로프에게 감탄조로 말했다.

"안나 세르게예브나는 정말 대단한 여자야!"

"그래, 머리가 있는 여자지. 게다가 겪을 것 다 겪은 여자야." 바자로프가 대답했다.

"무슨 뜻으로 하는 말이지?"

"아, 좋은 뜻이야! 완전히 좋은 뜻! 영지 관리도 잘할 거야. 하지만 대단한 건 그 여자가 아니라 그 여자 동생이야."

"뭐라고? 그 까무잡잡한 아가씨?"

"그래, 그 까무잡잡한 여자. 싱싱한데다 아무도 건드리지 않았잖아. 부끄러워하는데다 조용하고…… 네가 좋아할 만해. 뭔가 가르칠 만하고 발전도 시킬 수 있어. 하지만 언니는 벌써 굳어버렸어."

아르카디는 아무 대답도 하지 않았다. 그들은 각자 다른 생각을 하며 침대에 누웠다.

그날 밤 안나 세르게예브나도 손님들에 대해 이런저런 생각

제6장

을 했다. 그녀는 자신을 함부로 대하는 바자로프의 태도와 신랄한 말투가 마음에 들었다. 지금껏 보지 못했던 뭔가 새로운 것이 있었다.

그녀는 사실 평범한 여자가 아니었다. 그녀에게는 무언가 새로운 것을 갈구하는 탐구심이 있었다. 하지만 동시에 그녀는 하루하루의 편안함을 즐기기도 했다. 하루하루의 삶이 지루하기는 했지만 설레는 마음은 가슴 깊이 간직한 채 평온한 나날을 보냈다. 때로는 공상 속에서 도덕규범을 벗어날 때도 있었지만 그 매혹적인 몸속을 흐르는 피는 격정으로 넘쳐흐르지 않았다.

그녀는 사랑에 빠져본 적이 없었다. 그렇기에 그녀는 자신도 모르는 그 무언가를 간절히 갈구하고 있었다. 그녀는 죽은 오딘초프를 견디기 힘들어했다. 비록 돈 때문에 한 결혼이었지만 그가 착한 사람이 아니었더라면 그의 아내가 되지는 않았을 것이다. 게다가 그녀는 모든 남자를 약간은 혐오하고 있었다. 모든 남자가 꾀죄죄하고 답답하고 둔한데다 귀찮은 존재로 여겨진 때문이었다.

'그 의사는 정말 이상한 사람이야.' 그녀는 침대에 누워 생각했다. 그녀는 기지개를 켠 후 시시한 프랑스 소설을 몇 줄 읽다가 곧 책을 떨어뜨리고 잠에 빠져들었다.

　다음 날 아침 안나 세르게예브나는 아침 식사 후 곧바로 바자로프와 함께 식물채집에 나섰다. 그리고 거의 점심때가 다 되어서야 돌아왔다. 아르카디는 아무 데도 가지 않고 카챠와 한 시간 정도를 함께 보냈다. 그녀와 함께 있는 시간이 지루하지 않았다. 그녀는 자청해서 어제 연주한 소나타를 한 번 더 연주했다.

　그러나 식물채집에서 돌아온 오딘초바 부인의 모습을 보는 바로 그 순간, 그의 심장은 곧바로 얼어붙는 것 같았다. 그녀는 약간 지친 걸음걸이로 정원을 지나오고 있었다. 뺨은 장밋빛으로 상기되어 있었고, 두 눈은 둥근 밀짚모자 아래서 그 어느 때보다도 밝게 빛나고 있었다. 그녀는 손에 든 들꽃 줄기를 손가락으로 빙빙 돌리고 있었고, 가벼운 망토가 팔뚝까지 내려와 있었으며 모자에 매달린 잿빛 리본이 그녀의 가슴에까지 드리워져 있었다.

　바자로프는 여느 때처럼 그 뒤에서 자신만만한 태도로 태연하게 그녀를 뒤따르고 있었다. 하지만 그의 표정은 즐거운 듯했고 심지어 다정하게 보이기까지 했다. 아르카디는 그 표정이 뭔가 마음에 들지 않았다.

바자로프는 아르카디에게 하얗게 이를 드러내고 "굿모닝!"
이라고 말한 후 방 쪽으로 가버렸다. 오딘초바 부인 역시 아르
카디와 건성으로 악수한 후 그를 지나쳐서 가버렸다.

'굿모닝이라…….' 아르카디는 생각했다. '마치 오늘 아침에
우리가 미처 얼굴도 못 본 것 같군그래.'

제7장

　　누구나 알다시피 시간이란 때로는 새처럼 날아가기도 하고 때로는 벌레처럼 기어가기도 한다. 그러나 시간이 빨리 가는지 늦게 가는지 의식조차 못 하는 사람이 진정으로 행복한 법이다. 아르카디와 바자로프는 바로 그런 식으로 보름을 오딘초바 부인의 집에서 지냈다. 그녀가 세운 집안 질서와 생활의 질서 덕분에 그들은 그렇게 지낼 수 있었다. 그녀는 엄격하게 질서를 지켰고 다른 이들도 모두 그 질서를 지키게 했다. 하루 동안 벌어지는 일은 매일 일정한 시각에 행해졌다.

　　아침 정각 8시에 차를 마시려 모여야 했고, 점심시간까지는 자유가 주어졌다. 그리고 그 시간 동안 자신은 영지 관리인, 집사, 창고 관리인들과 볼일을 보았다. 저녁 식사 전에 사람들은 다시 모여 대화를 했으며 식사 후에 산책, 카드놀이를 하거나 음악 연주를 듣는다. 안나 세르게예브나는 다음 날 할 일을 지시한 후에 정확히 10시 반에 잠자리에 들었다.

바자로프는 그런 규칙적인 생활이 마음에 들지 않았다. 어느 날 그는 오딘초바 부인에게 자신의 생각을 말했다.

그러자 부인이 답했다.

"제가 귀부인 행세를 하는 것 같지요? 하지만 시골에서는 규칙적인 생활을 할 수밖에 없어요. 그렇지 않으면 곧바로 권태에 빠질 걸요."

바자로프는 불만이었지만 더 이상 시비를 걸지 않았다. 이처럼 이 집에서 편히 지낼 수 있는 것도 실은 레일처럼 규칙적으로 흘러가는 일상 덕분인지도 모른다는 생각이 들기도 했다.

그런 가운데 우리의 두 젊은 주인공에게 눈에 띄는 변화가 생겼다. 우선 바자로프는 전에 없이 불안한 모습을 자주 드러냈다. 그는 쉽게 화를 냈고 말수도 적어졌으며 편하게 한자리에 앉아 있지를 못했다. 한편 자신이 오딘초바 부인을 사랑하고 있다고 결론 내린 아르카디는 자주 조용히 우수에 잠기게 되었다. 하지만 그의 우수는 오히려 그를 카챠와 가깝게 지내는 데 도움이 되었다.

'날 인정하지 않는다고? 쳇, 그러라지. 하지만 이 착한 처녀는 나를 물리치지 않아'라고 그는 생각했고, 그러면 뭔가 달콤하고 너그러운 기분에 잠기곤 했다. 카챠는 그가 자신과 함께 있으면서 뭔가 대리 위안을 찾고 있음을 어렴풋이 알아차릴 수 있었다. 하지만 그녀는 그를 거부하지 않았고, 반은 부끄럽고 반은 믿음직한 그와의 우정에서 느끼는 순결한 기쁨을 거부하지도 않았다.

아르카디는 카챠와 있는 것이 마음 편했다. 그는 자신에게 오딘초바 부인의 흥미를 끌 만한 힘이 없음을 알게 되었다. 그는 부인과 단둘이 있게 되면 부끄러워서 어쩔 줄을 몰랐다. 또한 부인도 그에게 무슨 말을 해야 할지 알 수 없었다. 그녀에게 그는 너무 어려 보였던 것이다.

아르카디는 카챠와 함께 있는 것이 점점 좋아졌고, 오딘초바 부인도 바자로프와 함께 있는 것이 좋았다. 그리하여 두 쌍은 함께 있다가도 각각 짝을 지어 헤어지곤 했다. 특히 산책할 때면 어김없이 쌍쌍이 헤어졌다. 카챠는 자연을 좋아했다. 아르카디도 대놓고 인정할 수는 없었지만 자연을 좋아했다. 오딘초바 부인은 바자로프와 마찬가지로 자연에 대해 어느 정도 무관심했다. 그렇게 둘이 각각 떨어져 지내다보니 뚜렷한 변화가 나타나기 시작했다. 바자로프는 아르카디에게 오딘초바 부인 이야기를 하지 않게 되었고 그녀가 귀족적이니 어쩌니 하며 비난하지 않게 되었던 것이다. 그는 전처럼 카챠를 칭찬하기도 했고, 이런저런 충고를 하기도 했지만 칭찬은 성급했고 충고는 무미건조했다. 그리고 아르카디와 이야기를 나누는 시간이 현저하게 줄어들었다. 그는 아르카디를 피하는 것 같기도 했고 그와 함께 있으면 불편해하는 것 같기도 했다. 물론 아르카디는 그것을 눈치채고 있었다. 하지만 겉으로는 전혀 내색을 하지 않았다.

이런 모든 변화를 일으킨 것은 오딘초바 부인이 바자로프의 마음속에 불러일으킨 감정, 바로 그것이었다. 바자로프는 자신의 감정 때문에 고통스러워했고, 스스로에게 화가 났다. 누군가 그런 일은 얼마든지 있을 수 있는 일이라고 그에게 넌지시 암시를 했다면 그는 냉소를 짓거나 욕을 하며 그 사실을 부인했을 것이다.

물론 바자로프는 여자를 사랑했고 여자의 아름다움을 사랑했다. 하지만 이상적인 사랑이나, 그의 표현대로 낭만적인 사랑 같은 것을 그는 정신 나간 짓이거나 용서할 수 없는 바보짓이라고 여겼다. 그는 기사도적인 감정을 비정상적이거나 병든 것으로 간주했고, 연애시인이나 전원시인 들을 왜 정신병원에 집어넣지 않는지 모르겠다고 여러 번 공언했다.

그는 말하곤 했다.

"마음에 드는 여자가 있다면 손에 넣으려고 애써야 한다. 하지만 안 되면 그냥 포기해버려라. 바다에는 훌륭한 고기가 얼마든지 있는 법이니까."

오딘초바 부인은 그의 마음에 들었다. 그녀에 대해 떠도는 소문들, 그녀의 자유분방한 생각들, 그녀가 그에게 보이는 호의들, 이 모든 것이 마음에 들었다. 하지만 그녀를 '손에 넣을 수 없다'는 것을 그는 깨달았다. 그와 동시에, 그녀를 포기해버릴 수도 없다는 사실도 깨닫고 그는 당황했다. 그 자신도 어쩔 수 없었다. 그녀 생각을 하기만 해도 피가 들끓었다. 물론 그 들끓는 피는 금세 가라앉힐 수 있었다. 하지만 그가 결코 인정할 수 없는 그 무엇, 그가 항상 비웃어온 그 무엇이 그의 마음속에 둥지를 틀었고 그는 자존심에 상처를 입었다.

그는 자신에게 분노했다. 내 마음속에 낭만주의자가 들어 있었다니! 그는 자기 자신이 수치스러웠다. 그는 숲으로 가서 닥치는 대로 나뭇가지를 꺾으며 자신과 그녀에 대해 욕설을 퍼부었다. 하지만 소용없었다. 자신의 목을 감아오는 그녀의 부드러운 팔, 자신이 내민 입술에 포개진 그녀의 입술, 자신의 눈을 들여다보는 그녀의 사랑스러운 눈길이 환상처럼 떠오르는 것이었다. 그리고 자신을 대하는 그녀의 태도와 표정에도 뭔가 변화가 있는 것 같기도 했다. 혹시 그녀도……? 하지만 거기까지였다. 그런 생각이 들면 그는 발을 구르거나 이를 갈았고, 주먹으로 자신을 위협하기도 했다. 천하의 바자로프가 그런 환상을 그리다니! 그런 착각에 빠지다니! 하지만 그것은 그만의 착각이 아니었다.

어느 날이었다. 오딘초바 부인과 함께 정원을 산책하면서 바자로프는 곧 시골에 계신 부모님께 가야 한다고 말했다. 그러자 그녀의 얼굴이 하얗게 질렸다. 마치 그 무언가에 심장이 찔린 것 같았다. 그녀 스스로도 놀라서 훗날 그 의미에 대해 곰곰 생각해봐야만 했던 그런 반응이었다.

그것은 그가 그녀를 시험해보려고 한 말이 아니었다. 그는 결코 그런 식의 음모를 꾸미는 인물이 아니었다. 바로 그날 아침 어렸을 때부터 자신을 돌봐주었던, 집사 티모페이치가 그를 찾아왔다. 티모페이치는 다른 용무가 있어서 시내에 나왔다가 바자로프를 지나는 길에 잠깐 만나러 왔을 뿐이라고 둘러댔다.

하지만 그는 일부러 이곳을 찾아왔음이 분명했다. 바자로프는 부모님이 자신을 무척 기다리고 있음을 금세 눈치채고는 집사에게 곧 집으로 가겠다고 말했다.

그날 저녁, 오딘초바 부인은 바자로프와 함께 자기 방에 앉아 있었다. 아르카디는 응접실에서 카챠의 피아노 연주를 듣고 있었다.

그녀가 갑자기 그에게 물었다.

"왜 갑자기 떠나려고 하시는 거예요?"

바자로프가 되물었다.

"왜 남아 있어야 하지요?"

"왜냐고요? 당신은 우리 집에 계신 게 즐겁지 않은가요? 더욱이 당신이 떠나면 아쉬워할 사람이 없다고 생각하세요?"

"저처럼 재미없는 인간을 누가 아쉬워하겠습니까?"

"당신이 떠나면 저는 적적할 거예요."

"그럴까요? 하지만 그리 오래가지 않을 겁니다. 당신은 매우 규칙적인 생활을 하고 있고, 적적함이나 슬픔 같은…… 뭔가 괴로운 감정이 스며들 틈이 없을 겁니다."

"당신은 제가 빈틈없는 여자라고 생각하시나요? ……아주 정확하게 생활을 꾸려나가는 여자라고…….”

“물론입니다. 곧 10시가 될 것이고 그러면 당신은 나를 이 방
에서 쫓아내겠지요.”

“그렇지 않아요. 오늘은 쫓아내지 않을 거예요. 이대로 이 방
에 계셔도 좋아요. 아, 창문을 좀 열어주세요. 왠지 가슴이 답답
해요.”

바자로프는 창문을 열었다. 창문이 삐걱거리며 열렸다. 그의
손은 떨리고 있었다.

“커튼을 내리고 앉으세요. 당신이 떠나기 전에 당신과 좀 더
이야기를 나누고 싶어요. 당신 자신에 대한 이야기를 좀 해주
세요. 당신은 당신에 관한 이야기는 해준 적이 없어요. 당신 가
족에 대해서도…….”

‘이 여자가 왜 이런 이야기를 할까?’라고 바자로프는 생각했다.

“그런 건 아무 재미도 없을 겁니다. 특히 당신 같은 사람에게
는…… 우리는 몽매한 사람들이니까요.”

“저는 귀족이란 말씀이로군요.”

“그렇습니다.” 그가 짐짓 날카롭게 말했다.

그녀가 미소를 지었다.

“당신은 모든 사람은 다 비슷하다고, 그러니 각각의 사람들

을 일일이 연구할 필요가 없다고 말했지요. 하지만 당신은 저에 대해서는 아는 게 별로 없어요. 언젠가 저에 대한 이야기를 해드리고 싶어요…… 하지만 그 전에 당신에 대한 이야기를 먼저 해주세요."

"하긴…… 당신이 옳을지도 모릅니다. 저는 당신에 대해 아는 게 거의 없지요. 사람들 각자는 모두 수수께끼인지도 몰라요. 예를 들어 당신…… 당신은 사교계를 피해서 지내고 있지요. 그런데도 대학생 두 명을 집으로 초대했어요. 게다가 당신처럼 머리도 좋고 아름다운 분이 왜 이런 시골에서 사는 걸까요?"

"뭐라고요? 제가 아름답다고요?" 오딘초바 부인이 곧바로 되물었다.

바자로프가 얼굴을 찌푸렸다.

"그게 중요한 게 아니라…… 그러니까, 제 말은…… 당신이 왜 이런 시골에 사느냐 이겁니다."

"당신은 이해할 수 없을 거예요. 하지만 당신 나름대로 그 이유를 생각해보지 않았나요?"

"그래요…… 당신이 한곳에 오래 머무는 것은…… 당신은 안락하고 편안한 것을 좋아하고…… 다른 것들에는 흥미가 없기 때문 아닌가요?"

오딘초바 부인은 다시 미소를 지었다.

"당신은 내가 그 어떤 것에 미친 듯 빠져들 수도 있다는 생각은 조금도 하지 않는군요."

바자로프는 눈을 들어 그녀를 쳐다보았다.

"아마…… 아마…… 호기심 정도겠지요. 그 이상은……."

"정말이요? 아, 이제 알겠어요. 우리가 왜 가깝게 지낼 수 있었던 건지…… 당신은 저와 비슷하기 때문이에요."

"우리가 가깝다……." 바자로프가 공허한 목소리로 그녀의 말을 되풀이했다.

"그래요! ……아, 난 당신이 제 곁을 떠나려 한다는 걸 잊고 있었네요."

바자로프는 자리에서 일어났다. 어두컴컴하고 향기가 풍기는 외딴 방에 등불만이 희미하게 빛을 내고 있었다. 이따금 커튼이 흔들려 시원한 밤의 냉기가 스며들었고 밤의 신비로운 속삭임이 들려왔다. 오딘초바 부인은 꼼짝 않고 앉아 있었다. 하지만 알 수 없는 흥분이 점점 그녀를 사로잡았고 그 흥분이 바자로프에게도 전해졌다. 그는 자신이 젊고 아름다운 부인과 단둘이 있다는 사실을 갑자기 깨달았다.

"어디로 가실 건가요?" 그녀가 천천히 물었다.

그는 대답 없이 의자에 털썩 주저앉았다.

그녀가 창문에서 눈을 떼지 않은 채 같은 톤으로 물었다.

"당신은 저를 그저 감정 없고 제멋대로인 여자로 생각하는 거지요? 하지만 저는 저 자신에 대해 잘 알고 있어요. 저는 불행한 여자예요."

"당신이 불행하다고요? 어째서? 당신이 그런 사소한 소문들에 신경을 쓰는 것은 아니겠지요?"

오딘초바 부인은 얼굴을 찌푸렸다. 자기의 말을 그 정도로 받아들인 바자로프에 대해 화가 났기 때문이다.

"그런 소문 따위는 아무 상관없어요. 그따위에 신경을 쓰기에는 자존심이 허락하지 않아요. 제가 불행하다고 하는 건……삶에 대한 욕망이나 열정이 없기 때문이에요. 믿을 수 없다는 듯 저를 바라보시는군요. 레이스에 감싸인 채 안락의자에 앉아 있는 '귀족 여자'의 한가한 소리로 들리겠지요. 그래요, 부인하지 않겠어요. 저는 당신 말대로 안락한 걸 좋아해요. 그런데도 별로 살고 싶은 욕망이 없어요. 어떻게 된 걸까요? 이 모순을 당신이 한번 설명해봐요. 하긴 이 모든 게 당신 눈에는 그저 낭만적으로 보이겠지요."

바자로프는 머리를 흔들었다.

"당신은 건강하고 자유로운데다 부자입니다. 더 이상 뭐가 필요하겠어요? 더 이상 뭘 원해요?"

"내가 뭘 더 원하느냐고요……?" 그녀는 한숨을 내쉬며 말했다. "나는 지쳤어요. 또 나는 늙었어요…… 추억은 많지만 기억하고 싶은 건 없어요…… 제 앞길은 멀고 멀지만 목표가 없어요…… 더 이상 이렇게 살고 싶지 않아요. 아아, 뭔가에 빠져 강한 애착을 느낄 수만 있다면……."

순간 바자로프가 그녀의 말을 가로챘다.

"당신은 사랑을 하고 싶은 겁니다. 그런데 사랑을 할 수 없고, 그래서 불행하다고 느끼는 겁니다."

오딘초바 부인은 자신의 망토를 내려다보며 중얼거렸다.

"내가 사랑을 할 수 없다고요?"

"그래요. 할 수 없을 겁니다. 그걸 불행이라고 한 제 말은 실수입니다. 그 반대이지요. 그런 불운에 빠지는 사람이 오히려 동정을 받아야 할 겁니다."

"불운이라니요? 무슨 불운 말인가요?"

"사랑에 빠지는 불운 말입니다."

"그게 불운인 걸 어떻게 아세요?"

"다 들어서 알고 있습니다." 바자로프는 화가 난 듯 말했다. 그는 그녀가 자신을 데리고 논다고 생각했다. 하지만 그의 생각과 달리 그의 심장은 터질 것 같았다.

그들은 잠시 동안 아무 말 없이 있었다. 피아노 치는 소리가 응접실에서 들려왔다.

"카챠가 늦게까지 피아노를 치네요."

바자로프가 자리에서 일어났다.

"정말 너무 늦었습니다. 당신이 주무실 시간이군요."

"뭘 그리 서두르세요? 아직 당신께 할 말이 남아 있는데……."

"무슨 말을……?"

"잠시 기다리세요." 부인이 그에게 속삭이듯 말했다. 그녀의 눈길이 그의 얼굴에 멎어 있었다. 마치 조심스럽게 그의 표정을 조사하는 것 같았다.

바자로프는 방 안을 서성이다가 갑자기 그녀에게 다가갔다. 그러고는 황급히 "안녕히 주무세요"라고 말하면서 그녀의 손을 꽉 잡은 후 방에서 나갔다. 어찌나 세게 쥐었는지 그녀는 하마터면 소리를 지를 뻔했다.

그가 나간 후에도 오딘초바 부인의 방에는 오래도록 불이 켜져 있었다. 바자로프는 두 시간쯤 지나서야 밤이슬에 흠뻑 젖

제7장

은 신발을 신고 우울한 표정으로 방으로 돌아왔다. 머리칼이 온통 헝클어져 있었다. 아르카디는 코트를 입은 채 책상에 앉아 책을 읽고 있었다.

"아직 안 자고 있었나?"

"자네, 오딘초바 부인과 아주 오래 있었군." 아르카디의 말이었다.

"그래, 자네가 카챠와 피아노를 치는 동안 죽 함께 있었지."

"나는 피아노를 치지 않았는데……." 아르카디는 무슨 말인가 하려다 입을 다물었다. 눈에 눈물이 흐를 것만 같았다. 하지만 이 비꼬기 잘하는 친구 앞에서는 눈물을 보이고 싶지 않았다.

다음 날 아침 식사 시간에 오딘초바 부인은 잠깐 식당에 모습을 드러냈다가 곧바로 자기 방으로 돌아갔다. 얼굴이 더 창백해진 것 같았다. 아침부터 비가 내리고 있어서 아무도 산책하러 나갈 수 없었다.

점심때 다시 잠깐 모습을 드러낸 부인이 바자로프에게 와서 말했다.

"예브게니 바실리치 씨, 잠깐만 제 방으로 가실 수 있어요? 당신에게 할 말이 있어요. 어제 말씀하신 그 입문서에 관해서예요."

그런 그녀를 그녀의 이모가 놀란 눈으로 바라보았다. 마치 '저 것 좀 봐! 정말 기절초풍하겠네'라고 말하는 듯한 표정이었다.

오딘초바 부인은 잰걸음으로 자기 방으로 돌아갔고, 바자로 프는 눈을 내리깐 채 그녀의 뒤를 따라갔다.

방으로 들어가자 바자로프가 말했다.

"무슨 책 이야기지요? 화학책 말인가요? 제가 권하고 싶은 책은……."

"예브게니 바실리치 씨, 미안해요. 당신을 이리로 부른 건 화학 교과서 이야기를 하기 위해서가 아니에요. 어제 했던 이 야기를 계속하고 싶어서예요. 당신이 갑자기 떠난다고 하니 까…… 당신에겐 지루한 이야기이겠지요."

"어제 우리가 무슨 말을 했지요?"

"아마 행복에 대해 이야기했던 것 같아요. 제가 누리고 있는 것들은 진짜 행복이 아닌 것 같아요. 왜 그렇죠?"

"아마 남의 떡이 더 커 보여서겠지요. 하지만 저는 그런 건 생각해본 적이 없습니다."

"그래요? 그렇다면 당신이 무슨 생각을 하는지 알고 싶어요. 앞길이 창창한 당신이 어떤 준비를 하고 있는지…… 당신이 무엇이 되길 원하는지…… 알고 싶어요. 당신의 목표는 뭐지요? 한마디로 당신은 누구지요? 어떤 분이지요?"

"제가 누구인지 모르신다고요? 저는 자연과학도입니다. 다 아시잖아요. 그리고 미래의 시골 의사……."

"그런 말 마세요. 당신이 그런 평범한 일에 만족할 리가 없어요. 저를 믿지 않기에 그런 식으로 대답하는 거지요?"

"됐습니다. 우리의 뜻대로 되지도 않을 미래에 대해 말하고 꿈꾸는 게 무슨 소용 있습니까?"

"당신은 정말 저와 대화하기를 꺼리고 있군요. 당신은 여자를 경멸하나요?"

"저는 당신을 조금도 경멸하지 않습니다. 그건 당신도 이미 잘 알고 있잖습니까?"

"저는 아무것도 몰라요. 다만 당신이 말을 꺼린다는 것밖에는…… 당신의 마음속에서 일어나고 있는 일에 대해서……."

"내 마음속에 일어나고 있는 일이라! 마치 내가 무슨 정부나 사회 같군요. 어쨌든 저는 그런 것에는 흥미가 없습니다. 도대체 마음속에서 일어나고 있는 일에 대해 말할 수 있는 사람이 어디 있습니까?"

"왜지요? 당신이 왜 당신 마음속의 일을 이야기할 수 없다는 건지 저는 알 수가 없어요."

"당신은 할 수 있나요?" 바자로프가 물었다.

오딘초바 부인이 잠시 망설이다가 대답했다.

"할 수 있어요."

바자로프는 고개를 숙였다.

"당신은 저보다 행복하시군요."

부인은 뭔가 의혹이 담긴 눈초리로 그를 바라보았다. 그녀가 다시 입을 열었다.

"좋을 대로 생각하세요. 하지만 우리가 이렇게 만나게 된 건 아무 의미가 없는 게 아니라는 생각이 자꾸 들어요. 우리는 좋은 친구가 되리라는 생각이…… 당신의 그 뭐랄까, 긴장된 모습, 자제력 같은 게 사라질 것이라는 생각이……."

"그렇다면 제가, 당신 말대로, 그 무언가 자제하고 있다는 걸 눈치챘단 말입니까?"

"그래요."

바자로프는 자리에서 일어나 창가로 걸어갔다.

"제가 자제하고 있는 이유를 알고 싶다? 내 안에서 무슨 일이 일어나고 있는지 알고 싶다?"

"그래요." 오딘초바 부인이 마음속으로 이유를 알 수 없는 그 어떤 두려움을 느끼면서 되뇌었다.

"화내지 않으시겠지요?"

"네."

"화내지 않으실 거라고요?"

바자로프는 그녀에게 등을 돌리고 서 있었다.

"자, 말해드리지요. 나는 당신을 사랑하고 있습니다. 바보처럼! 미친놈처럼! ……결국 이 말을 내뱉게 만들었군요!"

부인은 두 팔을 앞으로 쭉 뻗었다. 하지만 바자로프는 창문 유리에 이마를 누른 채 그대로 서 있었다. 그는 숨을 헐떡거렸으며 온몸이 눈에 띄게 떨리고 있었다. 하지만 그것은 젊은이의 수줍은 떨림도 아니었고, 첫 고백의 달콤한 울림도 아니었다. 그것은 그의 내부에서 몸부림치는 욕망의 떨림이었다. 증오와 비슷한, 그것과 아주 가까운 그런 욕망이었다. 부인은 그를 향해 두려움과 미안함을 동시에 느꼈다.

그녀가 말했다.

"예브게니 바실리치!" 그녀가 그의 이름을 불렀다. 그녀의 목소리에는 무의식적인 애정이 담겨 있었다.

그가 갑자기 몸을 돌리더니 삼킬 듯한 눈으로 그녀를 바라보았다. 그리고 그녀의 두 손을 움켜쥐더니 자신의 가슴에 갖다 댔다.

그녀는 그의 포옹에서 바로 빠져나오려 하지는 않았다. 그러나 잠시 후 그녀는 멀찍이 방구석에 서서 바자로프를 바라보고 있었다. 그는 그녀에게 달려들었다.

그러자 놀란 그녀가 황급히 속삭이듯 말했다.

"당신은 저를 오해했어요."

그가 한 발자국이라도 더 가까이 오면 고함을 지를 것 같았다. 바자로프는 입술을 깨물고 방에서 나갔다.

30분 후 하녀가 부인에게 바자로프의 메모를 가져왔다.

저, 오늘 떠나야 할까요? 내일 떠나면 안 되겠습니까?

그녀가 답장을 보냈다.

왜 떠나신다는 거지요? 저는 당신을 이해하지 못했고, 당신도 저를 이해하지 못했을 뿐이에요.

하지만 그녀는 속으로 '나도 나 자신을 이해하지 못하겠어'라고 생각하고 있었다.

그녀는 자신이 왜 그렇게 바자로프의 고백을 다그쳤는지 스스로도 알 수 없었다. 그리고 자신에게 달려들던 짐승 같은 바자로프의 얼굴을 떠올리고 얼굴을 붉혔다. 그리고 거울에 비친 자신의 모습을 보았다. 뒤로 젖혀진 머리, 반쯤 감은 듯하면서 열린 듯한 눈, 입술에 어린 신비스런 미소, 그 모든 것이 그녀를 순간적으로 당혹하게 만들었다.

그녀는 고개를 흔들며 마음을 다잡았다.

'안 돼! 어떻게 될지 빤해. 장난처럼 할 수 있는 일이 아니야. 이 세상에서 가장 좋은 건 평온을 유지하는 거야.'

그녀의 마음의 평화는 흔들리지 않았다. 하지만 그녀는 우울했고 이유를 알 수 없는 눈물까지 흘렸다. 그녀는 자신이 모욕을 당했다고 생각하지는 않았다. 오히려 자신이 죄를 지은 것만 같았다. 그녀는 흘러가는 삶에 대한 감각, 새로운 것을 향한 욕망 등 온갖 다양한 감정들을 느끼며, 자신을 극한까지 몰아붙이고 그 너머, 자신의 이면에 숨어 있는 것을 바라보았다. 그것은 심연이 아니라 일종의 공허…… 혹은 역겨움, 바로 그것이었다.

이튿날 바자로프는 아르카디와 함께 집을 향해 길을 떠났다.

아르카디도 그의 집에 가보고 싶다고 말했고 그가 받아들였다. 가는 길에 바자로프가 아르카디에게 말했다.

"이봐, 이번 일은 우리에게 큰 교훈이 될 거야. 얼마나 바보 같은 짓을 한 건지! 인간은 한 오라기 실에 매달려 있는 존재이고, 그 아래는 깊은 심연이 입을 벌리고 있지. 그런데도 인간은 온갖 불쾌한 일들을 자초하면서 삶을 망치고 있지."

"무슨 소리를 하는 건가?"

"아무것도 아니야. 그냥 진실이야. 손끝만치라도 여자에게 농락을 당하느니 길에서 돌이라도 쪼는 게 훨씬 낫지. 그건 다……."

바자로프는 자칫하면 자기가 좋아하는 '낭만적'이라는 단어를 입 밖에 낼 뻔했다. 하지만 그는 "바보 같은 짓일 뿐이야"라고만 말했다.

그가 계속 말했다.

"우리 둘 다 여자들 사회에 뛰어들어 즐겁게 지냈지. 하지만 그런 것들을 집어던지는 것은 더운 날 시원한 물에 뛰어드는 것과 같은 거야. 남자에게는 그런 하찮은 것에 빠져들 시간이 없어. 스페인 속담에서 말하듯 남자란 '길들지 않아야 해'."

25킬로미터를 달리자 약간 경사진 언덕 위로 작은 마을이

제7장

나타났다. 바자로프의 부모가 사는 마을이었다. 마을 바로 옆 어린 자작나무 숲속에 초가지붕을 한 자그마한 지주의 저택이 보였다.

제8장

　　　　　　　마차가 지주 저택에 서자 키가 크고 조금 마른 체격의 사내가 그들을 맞았다. 머리가 헝클어져 있었으며 낡은 군복을 입은 채 담배를 피우고 있었다. 바자로프의 아버지 바실리 이바니치 바자로프였다.

　"이제 왔구나!" 그가 아들을 끌어안으며 말했다.

　　그때 "예뉴시카, 예뉴샤!" 하는 여자의 음성이 들려왔다. 두 이름은 모두 예브게니의 애칭이었다. 곧이어 현관문이 활짝 열리며 통통하고 키 작은 노파가 나타났다. 예브게니 바자로프의 어머니였다. 노파는 "아!" 하는 탄성을 지르며 허둥거렸다. 바자로프가 어머니를 부축하지 않았다면 그녀는 쓰러졌을 것이다. 노파는 포동포동한 두 손으로 아들의 목을 감싸 안고 아들의 가슴에 머리를 묻은 채 계속 흐느꼈다.

"자, 이제 안으로 들어가지. 여기 손님도 오셨는데⋯⋯."

바자로프가 어머니를 부축하고 모두 안으로 들어갔다. 그는 어머니를 안락의자에 앉힌 후 아버지를 포옹하고 아르카디를 소개했다.

"이렇게 알게 되어 정말 반갑네. 집이 생각보다 형편없어서 미안하군. 이 집에서는 모든 게 간소하다네. 마치 군대식이라고 할까⋯⋯ 여보, 아리나, 좀 진정해요. 왜 그리 약하게 구는 거요? 손님이 흉보겠어."

그녀가 아르카디에게 말했다.

"그래요, 바보 같았지요? 용서해줘요. 나는 이 귀여운 아이를 못 보고 죽는 줄만 알았다오."

그러면서 그녀는 다시 아들에게 말했다.

"애야, 한 번 더 안아보자꾸나. 정말 미남이 되었네."

"미남인지 아닌지는 몰라도 사내, 진짜 사내가 된 거지. 자, 여보, 이제 귀한 손님들 배를 부르게 해줘야 하지 않겠소?"

노파는 안락의자에서 엉거주춤 일어났다.

"여보, 신경 써서 잘 준비해요. 자, 아들아, 친구와 함께 나를 따라오렴. 서재로 가자꾸나."

바실리가 앞장섰고, 둘은 뒤를 따랐다.

집은 모두 여섯 개의 방으로 이루어져 있었다. 그중 하나가 서재였고 그는 둘을 그곳으로 데려갔다. 그 서재가 바로 바자로프가 지낼 곳이었다. 테이블 위에 먼지가 수북한 서류들이 잔뜩 쌓여 있었고 벽에는 총, 채찍, 칼, 지도, 과학자의 초상화들이 걸려 있었다. 여기저기가 움푹 파이고 찢어진 가죽 소파가 커다란 장롱 사이에 놓여 있었다. 서가에는 책, 작은 상자들, 박제된 새, 단지, 유리병들이 어지럽게 놓여 있었다.

바실리가 손님에게 말했다.

"이미 말했지만 우리가 사는 꼴이 이렇다네. 꼭 야영 생활 같지?"

"아버지, 그만하세요. 아르카디도 우리가 큰 부자가 아니라는 건 알고 있어요. 그보다는 아르카디가 지낼 곳을 마련해주셔야지요."

"그건 걱정하지 마라. 저기 곁채에 좋은 방이 하나 있어. 편하게 지낼 수 있을 거야. 자, 둘이 이야기를 나누고 있거라. 난 자네가 묵을 방을 보고 와야겠네."

아버지가 나가자 아르카디가 말했다.

"자네 부모님 정말 좋으신 분들이군."

"우리 아버지도 자네 아버지만큼 유별난 분이지. 하지만 기질은 좀 달라. 말이 좀 많으셔. 어머니는 정직하신 분이지. 저녁 식사를 어떻게 대접하실지 두고 보자고."

그때 옆에 있던 티모페이치가 말했다. 오딘초바 부인의 저택으로 바자로프를 만나러 왔던 늙은 집사였다,

"도련님이 언제 오실지 몰라서 소고기는 미처 준비하지 못했습지요."

"괜찮아, 가난한 건 죄가 아니야." 바자로프의 말이었다.

그러자 아르카디가 물었다.

"아버지께는 농노가 몇 명이나 있지?"

"이건 아버지 영지가 아니야. 어머니 거지. 내가 알기론 한 열댓 명 되는 것 같던데."

"스물두 명이지요." 티모페이치가 불만스런 표정으로 말했다.

얼마 후 바실리 이바니치가 사내아이와 함께 나타나 말했다.

"방이 곧 준비될 거야. 이 아이가 자네 시중을 들게 될 거라네. 아들이 말리지만 한마디 더 해야겠네. 이 집에서 큰 대접을 받으리라는 기대는 하지 말게."

예브게니가 아버지의 말을 막았다.

"아버지, 제발 신세타령 좀 그만하세요."

"신세타령이 아니다. 이런 시골에 산다고 동정받으려는 게 아니야. 나도 생각이 있는 사람이야. 토지도 반분제(半分制)로 농부들에게 빌려주었어. 하지만 나는 일개 퇴직 군의일 뿐이야. 참, 난, 자네 조부의 여단에서 근무했다네. 아주 훌륭한 분이셨지."

그러자 바자로프가 느릿느릿 말했다.

"사실은 조금 얼간이였겠지요." 아르카디는 기분이 언짢았다. 아버지가 아들에게 말했다.

"얘, 예브게니! 무슨 그런 말을 하는 거니? 키르사노프 장군은 절대로 그런 사람이……."

"아버지 그만하세요. 이곳으로 오면서 자작나무들을 보니 반갑더군요. 참 잘 자랐어요."

이후 셋은 한 시간 정도 더 한담을 나누었다. 아르카디는 그 사이 자기가 묵을 방을 보고 왔다. 목욕탕에 딸린 탈의실이었지만 매우 아늑하고 깨끗했다.

이윽고 하녀가 와서 식사가 준비되었다고 알렸고 모두 식당으로 갔다.

급히 준비한 식사였지만 푸짐하고 훌륭했다. 바실리 이바니치는 식사하는 동안 정치 문제에 대해 이야기했고, 어머니는 아들이 얼마나 머물 것인지 물어보고 싶어 안절부절못했다. 그

녀는 아들 입에서 이틀 정도 머물고 돌아가겠다는 말이라도 나
올까봐 너무 겁이 났다.

식사 후 잠잘 시간이 될 때까지 모두 정원으로 나가 이런저
런 이야기를 나누었다. 바자로프는 지루한지 자주 하품을 했다.
잠잘 시간이 되자 바자로프는 어머니의 이마에 입을 맞추었다.
그의 어머니 아리나 블라시예브나는 전형적인 구시대 러시아
귀족 부인이었다. 그녀는 200년 전 모스크바에서 사는 게 어울
리는 사람이었다. 그녀는 무엇이든 잘 믿었고 감상적이었기에
전조, 점, 주문, 꿈을 믿었다. 그녀는 마귀를 믿었고 민간요법을
신봉했으며 세상의 종말이 닥쳐오리라고 믿었다. 악마는 물을
좋아하고 유대인의 가슴에는 붉은 반점이 있다고 믿었다.

그녀는 선량했다. 하지만 어리석지는 않았다. 그녀는, 이 세
상에는 명령을 내리는 귀족과 그에 복종해야 하는 평민들이 있
다는 것을 잘 알고 있었다. 그래서 그녀는 농노들이나 하인들
이 땅에 코가 닿을 정도로 비굴하게 굴어도 당연시했다. 하지
만 그녀는 하인들이나 하녀들에게 언제나 상냥했고, 거지를 빈
손으로 돌려보낸 적도 없었다. 젊은 시절 꽤나 미인이었던 그
녀는 피아노도 치고 프랑스어도 조금 할 줄 알았다. 하지만 결
혼 후 남편을 따라 이리저리 떠도는 사이 몸은 뚱뚱해졌고 피

아노와 프랑스어는 다 잊고 말았다.

그녀는 아들을 말할 수 없이 사랑했지만 동시에 두려워하기도 했다. 그녀는 영지 관리에 관한 일은 모두 남편에게 맡겨버리고 조금도 관여하지 않았다. 남편이 영지 관리에 대한 새로운 계획이라도 말해주면 그녀는 마치 무슨 무서운 이야기라도 들은 듯 한숨을 내쉬며 놀란 눈을 했다. 그녀는 무슨 불행이 닥칠 것 같다며 안절부절못하기도 했고 슬픈 일을 생각하며 눈물을 흘리기도 했다.

오늘날 그런 여자들은 점차 사라지고 있다. 과연 우리 모두 기뻐해야 할 일인지 아닌지는 하느님만이 아시리라.

그날 밤 아르카디는 아주 편하게 잠을 잘 수 있었다. 하지만 바자로프는 거의 잠을 이루지 못했다. 어린 시절의 추억도 그의 마음을 달래주는 데는 소용이 없었다. 그는 최근에 겪은 쓰디쓴 인상에서 벗어날 수 없었다.

다음 날 아침 아르카디는 침대에서 일어나 창문을 활짝 열어젖혔다. 그의 눈에 제일 먼저 들어온 것은 바실리 이바니치였다. 노인은 작업복을 입고 열심히 채소밭을 일구고 있었다. 그가 아르카디를 보고 잘 잤느냐고 인사한 후 말했다.

"지금 철 늦은 무를 심느라 밭을 갈고 있다네. 누구나 자기 손으로 자기 먹을 것을 구해야 하는 시대가 된 거지. 다 하느님 덕분이야. 남에게 기대서는 안 돼. 아침에 배가 아프다고 아낙네 한 명이 찾아왔기에 주사를 놓아주었지. 가끔 아픈 사람들을 무료로 진료해주지만, 자주는 안 해요. 자, 이리 내려와서 신선한 공기를 마시지 않겠나?"

아르카디는 밖으로 나가 바실리 곁으로 갔다.

"화려하고 풍족한 생활에 익숙하겠지만, 가끔 이런 오막살이 경험을 하는 것도 좋아요. 위대한 인물 중엔 그런 경험을 한 사람이 많지."

"아니, 저는 그렇게 화려하고 풍족하게 산 사람이 아닙니다. 게다가 제가 무슨 위대한 인물이라고……."

"무슨 겸손의 말을…… 그건 그렇고 우리 예브게니를 안 지 오래되었나?"

"지난겨울부터입니다."

"아 그렇군. 어디 여기 좀 앉아서 이야기를 더 나눌까? 아비로서 솔직히 묻는 건데 우리 예브게니를 어떻게 생각하나?"

"그 친구는 제가 지금껏 만난 사람 중에 가장 뛰어난 사람입니다. 분명 아버님 이름을 빛낼 겁니다. 저는 처음 만났을 때부터 그러리라고 확신했습니다."

바실리의 얼굴이 환하게 밝아졌다.

"어떻게……?"

아르카디는 오딘초바 부인에게 설명할 때보다 더 열심히 예브게니에 대한 이야기를 했다.

"정말 고마운 얘기로군. 사실 난 아들 녀석을 하늘처럼 떠받들고 있지. 성격이 딱딱하네, 무정하네, 비난하는 사람들도 있지만 그 애는 보통 사람들을 재는 자로는 잴 수가 없어요. 그렇다면 한 가지 묻겠는데…… 그 애가 유명해질 분야가 의학이라고 생각하는 건 아니겠지?"

"물론 의학 분야는 아닙니다. 하지만 의학에서도 그는 최고가 될 겁니다."

"의학이 아니라면 어느 분야?"

"지금은 말씀드리기 어렵습니다. 어쨌든 그는 매우 유명해질 겁니다."

"그 애가 유명해진다!" 그는 아르카디의 말을 반복하고 몽상에 빠졌다.

아침 식사 후 아르카디와 예브게니 바자로프는 산책을 하다가, 건초 더미 옆에 누워 이야기를 나누었다.

아르카디가 친구에게 물었다.

"자네 여기서 얼마나 오래 부모님과 함께 살았나?"

"연달아 2년 살았어. 그러고는 여기저기 돌아다녔지. 방랑 생활을 한 셈이야."

"이 집은 오래전부터 있었나?"

"응, 외할아버지가 지으신 거야."

"어떤 분이셨는데?"

"잘은 몰라. 군대 하급 장교였나봐."

"나는 자네 집 같은 곳이 좋아. 아늑하고 고색창연하거든. 집 주변에서 특별한 향기가 감도는 것 같아."

"램프 기름 냄새와 클로버 냄새겠지. 그 아늑한 집에 파리는 왜 또 그렇게 많은지⋯⋯." 바자로프가 하품을 하며 말했다.

"말해보게. 자네 어릴 때 엄하게 자랐나?"

"아니, 우리 부모님을 보고도 그런 걸 묻나? 절대로 엄한 분들이 아니야."

"자네, 부모님을 좋아하지?"

"물론이지."

"그분들도 자네를 정말 사랑하시는 것 같아!"

바자로프는 잠시 말이 없었다. 마침내 그가 두 손으로 팔베

개하면서 입을 열었다.

"자네. 내가 지금 무슨 생각하는지 알아?"

"아니. 무슨 생각인데?"

"부모님에게 삶은 행복하다는 생각. 아버지는 예순이 되었는데도 바쁘게 일하시지. 사람들 병도 고쳐주고 농부들에게도 너그럽게 대하시고…… 정말 삶을 즐기고 계신 거야. 어머니도 마찬가지야. 온갖 집안일과 감탄과 탄식을 하느라 당신 생각은 할 겨를도 없어. 그런데 나는……."

"자네는?"

"나는 여기 건초 더미 위에 누워서 생각하지. 내가 지금 차지하고 있는 이 공간은 다른 공간들, 내가 존재하지 않는 공간, 나와 아무 관련 없는 공간과 비교할 때 그 얼마나 하찮은가 하는 생각. 내가 살아가게끔 내게 주어진 시간은 나라는 존재가 없는 과거와 미래의 무한한 시간과 비교할 때 얼마나 미미한가 하는 생각. 이 미미한 원자가 피가 돌고 뇌가 활동하면서 그 무언가를 바라고 있다…… 이 얼마나 역겨운 일인가! 이 얼마나 하찮은 일인가!"

"자네가 한 말은 자네뿐 아니라 누구에게나 적용될 수 있는 말 아닌가?"

제8장

129

"맞아. 하지만 우리 부모님은 너무 바빠서 자신들이 얼마나 하찮은 존재인가에 대해서는 신경도 쓰지 않아. 그것 때문에 고통스러워하지도 않아. 하지만 나는…… 나는…… 그저 지겹고 화가 날 뿐이야."

"화가 난다고? 왜 화가 나는 거야?"

"왜냐고? 왜냐고 물었어? 자네는 내가 해준 말들을 다 잊었단 말인가?"

"아니 다 기억하지. 하지만 나는 자네에게 화를 낼 권리가 있다고는 인정할 수 없어. 자네가 불행하다는 건 인정해. 하지만……."

"됐네. 자네는 사랑이라는 걸 요즘 모든 젊은이처럼 이해하고 있군그래. '구구, 구구' 하며 암탉을 부른 후 닭이 가까이 오면 도망가지. 나는 달라. 아니, 그런 이야기는 그걸로 됐어. 더 이상 해보았자 부끄러울 뿐이야."

둘은 이후 많은 이야기를 더 나누었다. 하지만 뭔가 달랐다. 아르카디는 전과 달리 바자로프의 말에 대해 여러 번 반박했고 결국 화를 내기까지 했다.

둘은 낮잠을 청하려고 눈을 감았으나 잠을 이루지 못했다. 거의 적의에 가까운 감정이 두 사람을 사로잡고 있었다. 5분 정도 지나자 두 사람은 눈을 뜨고 서로를 바라보았다.

갑자기 아르카디가 입을 열었다.

"저걸 보게나. 단풍잎이 나무에서 땅 위로 떨어지는군. 꼭 나비가 나는 것 같아. 이상하지 않은가? 저 우울한 죽음에서 생명의 기쁨을 볼 수 있다는 게……."

그러자 바자로프가 소리쳤다.

"이보게, 아르카디. 내 한 가지 주의를 시키지. 그런 미사여구는 쓰지 마."

"나는 하고 싶은 말을 하는 거야. 이거 정말 독재로군! 내 머리에 어떤 생각이 떠올랐다, 그런데 왜 그 생각을 말하면 안 된다는 거지?"

"그렇다면 나는 왜 내 생각을 말하면 안 되지? 그런 미사여구는 점잖지 못하다는 게 바로 내 생각인데……."

"그렇다면 어떤 게 점잖은 거지? 욕설 같은 거?"

"아이고, 꼭 자네 큰아버지 같은 소리를 하고 있군. 그 얼간이가 자네 말을 들었다면 정말 좋아했겠군."

"자네 지금 우리 큰아버지를 뭐라고 불렀지?"

"당당하게 얼간이라고 불렀지."

"이건 정말 못 참겠군!" 아르카디가 고함을 질렀다.

그러자 바자로프가 차갑게 말했다.

"옳지, 혈육의 정이 발동하셨군. 사람들에게 끈질기게 붙어 있는 거지. 모든 것을 포기하고 편견과도 이별할 준비가 되어 있는 사람도 손수건을 훔친 형제를 도둑이라고 인정하기 힘든 법이란 말이야."

"난 혈육이기에 화를 내는 게 아니야. 부당한 말이라서 그러는 거지. 자네는 그런 나를 이해하지 못하는 거고."

"어이쿠, 그러니까 아르카디 키르사노프께서 내가 이해하기에는 너무 고상하다는 말씀이네. 그렇다면 머리를 숙이고 얌전히 있어야겠군."

"예브게니, 제발. 이러다가 싸우겠네."

"아, 아르카디 제발 부탁인데…… 우리 어디 한번 신나게 싸워보세. 이 건초 더미 위에서…… 얼마나 목가적인가? 하지만 날 이기긴 힘들걸. 단번에 네 모가지를……."

바자로프가 자신의 긴 손가락을 확 펼쳤다. 아르카디도 마치 장난처럼 맞서는 자세를 취했다. 하지만 그는 친구의 얼굴을 보고 깜짝 놀랐다. 그 불길한 표정과 입가에 떠오른 사악한 미소를 보고 진짜 위협과 공포를 느낀 것이다.

그 순간 바실리 이바니치가 나타나지 않았다면 어찌 되었을

지…… 아버지와 아들, 그리고 그 친구는 꽤 오래 그곳에 있었고, 주로 말을 한 것은 아버지였다. 아버지는 자신이 편견을 가진 사람이 아니라고 자주 강조했다. 어떻게 해서든 젊은 아들과 가까워지려는 노력이었다.

다음 날이었다. 바자로프가 아르카디에게 불쑥 말했다.

"안 되겠어. 내일 이곳을 떠나야겠어. 지루해. 일하고 싶은데 여기서는 일을 할 수가 없어. 다시 자네가 사는 마을로 가야겠어. 실험 도구들을 모두 거기 두고 왔어. 자네 집에서는 최소한 방구석에 틀어박혀 있을 수는 있지. 여기서 아버지는 늘 '모든 것을 네 마음대로 해라'라고 말씀하시면서 한시도 내 곁을 떠나지 않아. 그렇다고 아버지를 일부러 피할 수도 없는 노릇이고…… 어머니도 마찬가지야. 방 안에 있으면 문밖에서 한숨 짓는 소리가 들려. 내 얼굴이 보고 싶으신 거지. 하지만 정작 어머니에게 가면 무슨 할 말이 있어야지."

"어머니가 몹시 슬퍼하실 거야. 아버지도 그러실 거고."

"금세 돌아올 거야."

"언제?"

"그야 페테르부르크로 돌아갈 때지."

"어쨌든 두 분께 그런 말씀을 드리기 쉽지 않을 거야. 최소한 2주일 정도는 더 머물 거로 생각하고 계신대."

"괜찮아, 내가 잘 말씀드리면 돼. 곧 괜찮아지실 거야."

하지만 바자로프도 자신의 결심을 아버지에게 말씀드리는 데 꼬박 하루가 걸렸다. 이튿날 저녁 아버지와 서재에서 헤어지면서 그가 하품하며 어색하게 말했다.

"아버지께 잊고 말씀을 못 드렸네요…… 페도트에게 내일 마차를 준비하라고 일러주세요."

바실리 이바니치는 깜짝 놀랐다.

"키르사노프가 떠나는 거니?"

"네, 저도 그 친구와 함께 갈 거예요."

아버지는 비틀거릴 수밖에 없었다.

"너도 떠난다고?"

"네…… 그래야 해요. 마차를 준비하라고 일러주시겠어요?"

"그래…… 알았다…… 그래…… 페도트에게…… 좋아…… 하지만…… 하지만…… 어떻게 된 일이니?"

"잠시 그 친구네 집에 다녀와야 해요. 나중에 다시 오겠어요."

"그래, 잠깐 동안이란 말이지…… 좋아…… 준비하라고 할게…… 난 네가 좀 더 오래 있을 줄 알았는데…… 사흘이라니…… 3년 만에 왔는데…… 이건 좀 짧구나, 예브게니……."

"하지만 곧 돌아올 거예요. 꼭 가봐야만 해요."

"꼭이라…… 할 수 없지. 뭣보다 의무가 우선이니까……
네 어미는 네가 더 있을 줄 알고 네 방을 꾸밀 꽃을 얻어 왔는
데…… 하지만 무엇보다 중요한 건 자유지…… 구속해서는 안
되지…… 그러면 안 돼……."

그날 밤 바실리 이바니치는 아내에게 자식이 떠날 거라는 사
실을 말해주지 않았다. 아내가 너무 불쌍했기에 불행한 소식을
하루라도 늦게 전해주고 싶었기 때문이었다.

다음 날 바자로프와 아르카디는 그곳을 떠났다. 남편이 아침
일찍 두 시간 동안 아내를 달래지 않았다면 노파는 절대로 감
정을 주체하지 못했을 것이다. 아들의 출발을 앞두고 아버지는
유난히 부산을 떨었으며 어머니는 조용히 울었다.

아들이 떠난 후 티모페이치도 자기 방으로 돌아가고 노부부
둘만 남자, 조금 전까지만 해도 현관 계단에서 힘차게 손수건
을 흔들던 아버지가 맥없이 의자에 주저앉더니 머리를 가슴에
푹 떨어뜨렸다.

"그 애가 우릴 버렸어. 우릴 버렸어. 우리랑 지내는 게 지루

했던 거야. 우리는 이제 혼자야, 혼자!"

그가 몇 번이고 되뇌자 아리나 블라시예브나가 백발이 성성한 자기 머리를 남편의 머리에 기대면서 말했다.

"여보, 어쩔 수 없어요. 아들이란 떨어져 나가게 되어 있는 거예요. 아들은 오고 싶을 때 오고 가고 싶을 때 가는 매 같은 거예요. 당신하고 저만 나무 구멍에서 자라는 버섯처럼 나란히 앉아서 꼼짝 않고 있지요. 저만은 영원히 당신 곁에 있을 거예요. 당신이 그렇듯이……."

바실리는 얼굴에서 두 손을 뗀 후 아내를, 반려자를 힘껏 껴안았다. 젊었을 때도 해보지 않던 따뜻한 포옹이었다. 그녀는 그렇게 슬픔에 젖은 그를 위로해주었다.

제9장

　　두 친구는 별 의미 없는 말을 한두 마디 주고받았을 뿐 거의 말을 나누지 않은 채 페도트가 역마차를 준비해놓은 역참까지 갔다. 바자로프는 자기 자신에게 불만을 품고 있었고 아르카디는 바자로프가 불만스러웠다. 마부가 마부석에 앉더니 오른쪽으로 갈 것인지 아니면 왼쪽으로 갈 것인지 물었다.

　　아르카디는 움찔했다. 오른쪽은 읍내를 거쳐 부모의 집으로 가는 길이었고 왼쪽은 오딘초바 부인의 집으로 가는 길이었다.

　　그는 바자로프를 바라보았다.

　　"예브게니, 왼쪽으로 갈까?"

　　바자로프가 고개를 돌려 그를 바라보며 중얼거렸다.

"무슨 바보 같은 소리를!"

"그건 나도 알고 있어. 하지만 문제 될 게 뭐 있나? 처음 가는 것도 아니지 않은가?"

바자로프는 모자를 눈썹까지 눌러 쓰면서 "자네 마음대로 하게"라고 말했다. 아르카디는 "왼쪽으로!"라고 마부에게 소리쳤다.

역마차는 니콜스코예를 향해 달리기 시작했다. 그런 미친 짓을 하기로 한 후 두 친구는 기분이 언짢은 듯 전보다 더 말이 없었다.

오딘초바 부인의 집에 도착하자 집사가 그들을 맞았다. 두 친구는, 갑작스런 충동으로 인해 내린 이 결정이 분별없는 짓이었음을 금세 깨달을 수 있었다. 아무도 그들이 찾아오리라고 기대하지 않았음이 분명했다. 그들은 멍청한 표정으로 응접실에 다소간 오래 앉아 있을 수밖에 없었다.

얼마 후 오딘초바 부인이 응접실에 나타났다. 전과 다름없이 친절하게 그들을 맞았지만 그들이 이렇게 황급히 돌아온 것에 놀란 것 같았다. 그리고 그녀의 말과 태도가 신중한 것으로 보아 그들이 돌아온 것을 크게 기뻐하는 것 같지도 않았다. 아르카디는 집으로 가는 길에 잠시 들른 것뿐이며 네 시간 후면 떠나야 한다고 부랴부랴 설명했다.

오딘초바 부인은 가볍게 놀라는 표정을 짓더니 이모님과 인사는 나누어야 하지 않겠냐며 공작부인을 불러오게 했다. 잠시 후 나타난 노파는 주름살도 더 늘고 더 심술궂어진 것 같았다. 카챠는 몸이 좋지 않다며 자기 방에서 나오지 않았다. 순간 아르카디는 문득 깨달았다. 자신이 안나 세르게예브나 오딘초바 못지않게 카챠도 보고 싶어했다는 사실을!

이런저런 잡담을 하는 사이 네 시간이 흘렀다. 그사이 오딘초바 부인은 그들과 함께 대화를 나누었지만 별로 미소 짓지는 않았다. 작별할 시간이 되어서야 마치 그녀에게 옛정이 되살아난 듯 말했다.

"전 오늘 공연히 우울해요. 하지만 그런 건 신경 쓰지 마시고 가까운 시일 내에 또 오세요. 두 분 모두에게 드리는 말씀이에요."

바자로프도 아르카디도 아무 대답 없이 고개 숙여 인사한 후 마차에 올랐다. 그리고 곧장 마리노를 향해 달렸다. 그날 저녁 그들은 마리노에 무사히 도착했다. 가는 도중 바자로프는 무엇엔가 화가 난 듯 험한 표정으로 마차 밖을 내다보고만 있었다.

제9장

마리노 마을에서 그들은 당연히 큰 환영을 받았다. 페네치카가 눈을 빛내며 달려와 '젊은 신사들'이 도착했음을 알리자 니콜라이 페트로비치는 흥분해서 환성을 지르며 소파 위로 뛰어오르기까지 했다. 심지어 파벨 페트로비치까지 기분이 좋은 듯 약간 흥분한 태도로 돌아온 방랑자들과 반갑게 악수를 했다.

저녁 식사는 자정이 넘도록 계속되었다. 니콜라이는 얼마 전에 모스크바에서 가져온 흑맥주를 얼굴이 불콰해질 정도로 마셨다. 하인들도 덩달아 신이 나 있었다. 두냐샤는 이리저리 뛰어다니며 공연히 문을 쾅쾅 여닫았고 표트르는 새벽 2시까지 기타 줄을 튕겼다.

하지만 그간 마리노 마을의 형편은 그리 순조롭지 않았고, 니콜라이는 농장 경영에 힘들어하고 있었다. 주로 고용된 노동자들과의 사이에서 생긴 문제들 때문이었다. 어떤 이들은 미리 임금을 청산할 것을 요구했고 어떤 이들은 임금 인상을 요구하기도 했다. 선금을 받고 도망치는 이들도 있었다. 말들은 병이 났고 마구들은 화재라도 난 듯 망가졌다. 탈곡기는 고장 났고 축사는 화재로 반이 타버렸다. 실수로 화재를 낸 노파는 주인이 느닷없이 치즈를 비롯한 유제품들을 만들려 했기 때문이라고 오히려 툴툴거렸다.

관리인은 게으름을 피웠고 소작제 농부들은 소작료를 제대로 내지 않았으며, 숲에서 몰래 나무를 베어 훔쳐가기도 했고 농부들이 말을 함부로 풀어놓아 초원을 엉망으로 만들기도 했다. 게다가 농부들은 자기들끼리 툭하면 싸우고는 니콜라이 페트로비치에게 찾아와 중재를 호소하기도 했다. 이 선량한 개혁 영주는 서로 자신이 옳다고 주장하는 그들의 시시비비를 가리기 위해 목이 쉬도록 큰 소리를 내야만 했다. 곡물 수확도 형편 없었고 당국에서는 빌린 돈의 이자를 당장 갚으라고 독촉을 해댔다.

니콜라이 페트로비치가 "이젠 도리가 없어"라고 절망에 빠져 외친 적이 한두 번이 아니었다.

"내가 직접 그들과 싸울 수도 없어. 그렇다고 경찰을 부르자니 내가 정한 원칙에 어긋나고…… 그렇다고 벌도 주지 않고 그냥 내버려두면 아무것도 할 수가 없으니……."

바자로프도 친구 집의 그런 형편을 곧 알게 되었다. 하지만 그는 그런 집안일들에 대해 가능한 한 모른 척했다. 그는 어차피 손님이었으니 간섭할 수도 없었다.

마리노에 도착한 다음 날부터 그는 개구리와 원생동물에 대한 연구, 화학 실험 등에 몰두하며 나름 바쁘게 지냈다. 아르카디는 아버지의 이야기에 귀를 기울이며 가끔 조언했다. 하지만 그것은 진정한 조언이라기보다는 자신이 집안일에 관심이 있다는 것을 보여주기 위한 행동에 가까웠다.

사실 그는 농장 일에 대해 혐오감을 느끼고 있지는 않았으며 농사에 대한 연구를 꿈꾸기도 했다. 하지만 지금 그의 머릿속에는 다른 생각이 꽉 차 있었다. 아르카디는 스스로도 놀랄 정도로 계속 니콜스코예 마을을 생각했다. 이전에 만일 누군가가 바자로프와 한 지붕 밑에서, 그것도 아버지의 집 지붕 밑에서 함께 지내면서 지루할 수도 있느냐고 물었다면 그는 어떻게 그럴 수 있느냐는 뜻으로 그저 어깨만 으쓱했을 것이다. 그러나 지금은 모든 것이 권태롭기만 했고 이 집으로부터 도망치고 싶었다. 지칠 때까지 산책을 해보아도 소용이 없었다.

그러던 어느 날이었다. 아버지와 이런저런 이야기를 나누던 중 오딘초바 부인의 어머니가 자기 어머니에게 보냈던 편지가 몇 통 아버지에게 있다는 것을 그는 알게 되었다. 그는 아버지를 졸라서 그 편지를 손에 넣었다. 오딘초바 부인 집으로 가볼 더없이 좋은 핑곗거리가 생긴 것이었다.

그는 생각했다.

‘그래, 그녀가 〈두 분 모두에게 드리는 말씀이에요〉라고 했잖아. 가자! 가는 거야, 제길!’

그는 물론, 바자로프와 함께 오딘초바 부인을 두 번째 방문했을 때 그녀가 보였던 냉랭한 태도를 생각하고 망설이기도 했다. 하지만 ‘저지르고 보는 거야!’라는 젊은이다운 감정, 자신의 행운을 시험해보고 싶은 욕망, 그 누구로부터 그 어떤 도움도 받지 않고 스스로의 힘을 증명해보고 싶은 은밀한 욕망이 마침내 승리했다.

마리노 마을로 돌아온 지 열흘도 되지 않던 어느 날이었다. 아르카디는 민중들에게 글과 새로운 사상을 가르쳐주는 주일학교를 좀 살펴보러 간다는 핑계로 읍내로 나갔다가 그 길로 니콜스코예 마을을 향해 마차를 돌렸다. 마부에게 절대로 쉬지 말고 달릴 것을 재촉하는 그의 모습은 마치 전쟁터로 향하는 젊은 장교와 같았다. 그는 두렵기도 했고 초조하기도 했으며 즐겁기도 했다.

‘중요한 건 아무 생각도 안 하는 거야’라고 그는 자신에게 되뇌었다.

마침내 낯익은 지붕이 보였다.

‘내가 무슨 짓을 하는 거지?’라는 생각이 얼핏 스쳤지만 곧

제9장

이어 '하지만 이제는 돌아갈 수 없어'라는 생각에 그대로 마차를 몰게 했다.

마차가 덜컹거리며 자그마한 다리 위를 지났다. 그리고 잘 다듬어진 전나무 길…… 짙은 녹음 속에서 얼핏 비친 장밋빛 여자 드레스…… 양산의 늘어진 술 사이로 보이는 앳된 얼굴…… 카챠였다. 그녀도 그를 알아보았다. 아르카디는 마차에서 훌쩍 뛰어내려 그녀에게 달려갔다. 그녀가 "아, 당신이군요!"라고 외쳤다. 그녀의 얼굴 전체가 점차 붉어졌다.

"언니에게로 가요. 정원에 있어요. 당신을 보면 반가워할 거예요."

카챠는 아르카디를 정원으로 안내했다. 등을 돌리고 있던 오딘초바 부인이 조용히 몸을 돌려 그를 바라보았다. 그는 순간 당황했지만 그녀의 차분한 목소리가 그를 달래주었다.

"어서 오세요, 도망자님!"

"안나 세르게예브나, 제가 뭔가 가져왔습니다. 당신이 상상도 할 수 없는 물건입니다."

"당신 자신을 가지고 오셨잖아요. 그보다 더 좋은 건 없어요."

제10장

　　　　　바자로프는 약간 비웃는 듯한 표정으로 아르카디를 배웅했었다. 여행의 진짜 목적이 무엇인지 빤히 알고 있다는 표정이었다.

　아르카디가 떠나고 나자 바자로프는 완전한 고독 속에 잠겼다. 그는 미친 듯 연구에 몰두했다. 그의 앞에서 귀족적인 태도를 취하는 파벨 페트로비치와도 더 이상 논쟁을 하지 않았고 니콜라이 페트로비치도 가끔 그의 방으로 찾아가 흥미 있게 실험을 들여다보곤 했지만 결코 그를 방해하지 않았다. 식사 시간에도 물리학이나 지질학, 화학 등만 화제로 삼았을 뿐 정치 문제는 말할 것도 없고 농장 경영 문제에 대해서는 아무도 입에 떠올리지 않았다. 말싸움까지는 아니더라도 서로 불쾌해할 수 있는 화제는 피한 것이었다.

하지만 바자로프를 향한 파벨 페트로비치의 증오심이 줄어든 것은 아니었고, 그것은 다음의 사소한 사건을 통해 증명되었다.

콜레라가 이웃 마을까지 만연되어 마리노 마을에서도 두 명의 희생자가 생겼다. 어느 날 밤이었다. 파벨이 밤새 심각한 증세를 보였다. 그는 밤새 고열로 매우 고생했지만 바자로프에게 도움을 청하지 않았다. 다음 날 바자로프가 왜 자기를 부르지 않았느냐고 묻자 여전히 얼굴은 창백했지만 깨끗이 면도를 하고 머리를 단정하게 빗어 넘긴 파벨이 대답했다.

"왜냐고? 자네 스스로 의학을 믿지 않는다고 하지 않았나?"

그런 식으로 날은 흘러갔고 바자로프는 우울한 기색으로 연구에 몰두했다. 그사이…… 그 집에서 비록 마음을 터놓는다고 까지는 할 수 없어도 비교적 즐겁게 이야기를 나눌 상대가 바자로프에게 생겼으니…… 바로 페네치카였다.

그들은 주로 정원에서 만났다. 그녀는 바자로프를 무서워하지 않았을 뿐 아니라 니콜라이 옆에 있을 때보다 바자로프 옆에 있을 때 더 자유롭게 행동했다. 아마도 바자로프가 귀족적인 모습이나 태도를 덜 지니고 있기 때문이었을 것이다. 그녀가 보기에 바자로프는 소박한 의사였다. 그런 페네치카를 바자로프도 마음 편하게 대했다. 한 가지만 더 덧붙이자. 페네치카가 날이 갈수록 아름다워졌다는 사실이다. 젊은 여인들의 생애에는 마치 여름날 장미꽃이 활짝 피어나듯 아름다움이 터져 나오는 때가 있는 법인데, 페네치카가 바로 그런 시기를 만난 것이다.

그러던 어느 날 아침 7시쯤이었다. 산책하고 돌아오던 바자로프는 꽃은 이미 졌지만 잎은 무성하게 푸르른 라일락 나무 아래 정자에서 페네치카를 만났다. 그녀는 흰 스카프를 머리에 두르고 벤치에 앉아 있었다. 그녀 옆에는 아직 이슬이 맺힌 붉은 장미와 흰 장미가 각각 한 묶음씩 놓여 있었다.

바자로프가 그녀 옆에 앉으며 말했다.

"뭘 하고 계시나요? 아, 꽃다발을 만들고 계시는군요."

"예, 점심 식탁에 놓으려고요. 지금 꺾어야지 더워지면 밖으로 나올 수가 없어서요. 더울 때면 맥을 쓸 수가 없어요. 병이라도 난 게 아닌가 걱정이에요."

"별생가을! 자, 제가 맥을 좀 짚어볼까요?"

그는 그녀의 맥을 잠시 짚어본 후 말했다.

"100년은 더 사시겠습니다."

그러자 그녀가 소리를 질렀다.

"어머나, 말도 안 돼요!"

"왜요? 오래 살면 좋은 것 아닌가요?"

"그렇긴 해도 100년이라니요! 우리 할머니는 여든 살까지 사셨는데 얼마나 고생하셨다고요. 매일 기침만 하시고…… 그게 어디 사는 건가요?"

"젊은 게 좋다는 말씀이시군요. 저는 젊으나 늙으나 그게 그것 같은데……."

페네치카는 그를 옆으로 힐끗 쳐다보고는 잠시 아무 말도 없었다.

"참, 그런데 말이에요. 전에 아들 마챠에게 물약을 주셨지요. 그 약을 먹은 후 잠을 잘 자요. 뭐라고 감사를 드려야 할지…… 당신은 정말 좋으신 분이에요."

그러자 바자로프가 웃음 띤 얼굴로 그녀를 보면서 말했다.

"사실 의사에게는 사례를 해야 하는 건데…… 당신도 알겠지만 의사란 욕심 많은 친구들이거든요."

페네치카는 눈을 들어 바자로프를 바라보았다. 그의 말이 농담인지 진담인지 알 수 없었다.

"정말 원하신다면 기꺼이…… 니콜라이 페트로비치에게 말해서요."

"제가 돈을 원한다고 생각하십니까? 아닙니다. 저는 당신에게서 돈을 받고 싶지 않아요."

"그럼 뭐를?"

"뭐냐고요? 한번 맞춰보세요."

"내가 뭐 점쟁이인가요?"

"그렇다면 제가 말씀드리지요. 제가 원하는 건…… 장미꽃 한 송이입니다."

페네치카는 다시 웃음을 터뜨리며 심지어 손뼉까지 쳤다. 그의 요구가 너무 재미있게 여겨졌기 때문이었다. 그녀는 재미있으면서 기쁘기까지 했다. 바자로프는 그런 그녀를 빤히 쳐다보았다.

그녀는 몸을 굽히고 장미를 고르기 시작했다.

"어떤 걸 드릴까요? 빨간 장미? 아니면 하얀 장미?"

"빨간 장미를 주십시오."

그녀는 빨간 장미 한 송이를 골라서 그에게 주었다. 장미를 받은 바자로프가 장미 향기를 맡은 후 장미를 앞으로 내밀며 그녀에게 말했다.

"정말 향기롭군요. 당신이 주신 장미가 얼마나 향기로운지 한번 냄새를 맡아보시지요."

페네치카가 작은 목을 앞으로 뻗어 얼굴을 장미 가까이 가져갔다. 머리에 썼던 스카프가 어깨로 흘러내렸다. 약간 헝클어진 검고 부드러운 그녀의 머리칼이 훤히 드러났다.

"잠깐만! 저도 당신과 함께 향기를 맡고 싶어요." 바자로프가 말했다. 그는 고개를 숙이더니 그녀의 벌어진 입술에 힘 있게 자신의 입술을 갖다 댔다.

그녀는 흠칫 놀랐다. 그리고 그녀의 가슴으로부터 그를 두 손으로 밀어냈다. 하지만 그 힘은 너무나 약했고 그는 다시 입맞춤을 계속할 수 있었다.

그때 라일락 덤불 아래서 메마른 기침 소리가 들려왔다. 페네치카는 순식간에 벤치 끝으로 물러났다. 파벨 페트로비치였다. 그가 나타나더니 음울한 목소리로 "아, 당신들이로군"이라고 말하더니 물러갔다. 페네치카도 황급히 장미들을 추스른 후 "당신은 나쁜 사람이에요, 예브게니 바실리예프!"라고 속삭인 후 정자 밖으로 나가버렸다. 진짜로 그를 비난하는 목소리였다.

바자로프에게는 최근에 있었던 어떤 장면이 떠올랐다. 그는 부끄러웠고 극도로 화가 났다. 하지만 그는 곧 고개를 흔들고는 '겉모습으로나마 바람둥이 계보에 속하게 된' 자신을 비꼬 듯 자축했다.

파벨 페트로비치는 숲에 한참을 머물다가 점심때가 되어서 야 집으로 돌아갔다. 그의 얼굴을 본 니콜라이가 어디 몸이 좋 지 않냐고 물을 정도로 낯빛이 어두웠다.

"내가 간이 나빠 고생하는 걸 자네도 알지 않나?" 파벨은 조 용히 대답했다.

두 시간쯤 후였다. 파벨 페트로비치가 바자로프의 방문을 두 드렸다.

"연구를 방해해서 미안하네. 하지만 5분 이상은 걸리지 않을 걸세. 질문 하나 하려고 온 걸세."

"무슨 질문이시지요?"

"자네가 우리 집에 온 이래 많은 문제에 대해 자네 견해를 들을 기회가 있었지. 하지만 단 한 가지 자네 견해를 듣지 못한 게 있어서 묻고 싶어서 왔네. 자네는 결투에 대해 어떻게 생각 하나?"

파벨을 맞으러 자리에서 일어났던 바자로프는 다시 의자에 앉으며 말했다.

"아, 말씀드리지요. 이론상으로 보자면 결투는 터무니없는 짓이지요. 하지만 실질적인 관점에서 보자면…… 전혀 다른 문제이지요."

"말하자면, 결투에 대한 이론적인 견해야 어떻든 모욕을 당했을 때는 그 화를 푸는 방법을 찾아야만 한다는 뜻으로 받아들이면 되겠나?"

"제 뜻을 완벽하게 이해하신 셈입니다."

"좋아. 자네에게 그런 말을 들으니 반갑군. 자네 이야기를 들으니 의혹에서 벗어났어."

"의혹이라기보다는 불확실성에서 벗어나셨다는 말씀이시겠지요."

"어쨌든 좋아. 내 말을 자네가 이해했으니까. 나는…… 나는 학교의 쥐새끼는 아니니까…… 자, 나는 자네와 싸우기로 했네."

바자로프는 눈을 크게 떴다.

"저하고 말입니까?"

"맞아! 바로 자네."

"아니, 무슨 이유로?"

"이유를 설명해줄 수도 있지만 그러지 않는 게 나을 것 같군. 내 생각에 자네는 이 집에서 전혀 불필요한 사람이야. 나는 자네를 참아낼 수 없어. 그리고 자네를 경멸해. 그 이유만으로 충분하지 않다면······."

파벨의 눈이 번쩍였고 바자로프의 눈에도 불길이 일었다.

"좋습니다. 더 이상은 설명하지 않으셔도 됩니다. 도전을 받아들이겠습니다."

"좋아. 하지만 우리에게는 입회인이 없어."

"입회인은 없어도 증인을 데려올 수는 있습니다."

"그게 누구지?"

"표트르입니다. 니콜라이 페트로비치의 하인 말입니다."

"좋아. 내일 아침 일찍 숲 뒤에서······ 열 발자국 거리에서 각자 두 발씩 쏘는 걸로 하지. 자네는 권총이 없을 테니 내 권총을 빌려주지. 나도 권총을 쏴본 지가 5년은 넘었지만······."

말을 마치고 파벨은 밖으로 나갔다. 그러자 바자로프는 잠시 문 앞에 서 있다가 소리를 질렀다.

"제길! 별놈의 짓을 다 하게 됐군. 하지만 거절할 도리는 없었지. 그러면 그자는 지팡이로 나를 공격했을 거야. 그러면 내가 그자의 목을 고양이처럼 졸라 죽였을 거야!"

그는 다시 좀 전에 들여다보던 현미경 쪽으로 갔다. 하지만 흐트러진 정신에 제대로 집중이 될 리 없었다. 그는 생각했다.

'제길, 오늘 우리 모습을 다 본 거로군. 아니, 그렇다고 동생을 위해 이런 행동을 할 수 있단 말인가? 키스가 뭐 그리 대단하다고. 다른 뭔가가 있어. 오호라! 그자가 그녀를 사랑하는 건 아닐까? 맞아. 틀림없어! 그자가 그녀를 사랑하는 거야. 참 복잡하게 꼬였군! 더럽게 됐어! 우선 이마에 총부리를 들이대야 하다니! 그리고 어쨌든 여길 떠나야겠지. 그러면 아르카디는…… 그리고 그 사람 좋은 니콜라이 페트로비치는…… 참 더럽게 됐어. 정말 더럽게 됐어.'

그는 표트르에게 내일 날이 밝자마자 자기에게 오라고 일렀다. 표트르는 바자로프가 자기를 페테르부르크로 데려갈 모양이라고 생각하며 기뻐했다. 바자로프는 늦게 잠자리에 들었고 밤새 어수선한 꿈에 시달렸다…… 오딘초바 부인이 눈앞에서 빙글빙글 돌더니 갑자기 어머니로 변했다. 그녀의 뒤를 검은 수염이 난 고양이가 따라가고 있었는데 그 고양이는 페네치카였다. 파벨 페트로비치는 커다란 숲 모양을 하고 그의 앞에 나타났다. 그는 그 숲과 싸워야만 했다.

표트르가 새벽 4시에 바자로프를 깨웠다. 바자로프는 즉시 옷을 입고 그와 함께 밖으로 나갔다.

맑고 상쾌한 아침이었다. 푸르른 창공에는 작은 양털 구름이 떠 있었다. 작은 이슬방울이 나뭇잎과 풀잎에 맺혀 은빛으로 반짝였고 종달새 노랫소리가 하늘에 맴돌고 있었다.

숲에 도착한 바자로프는 숲 안쪽으로 들어가 나무 그늘에 앉았다. 그제야 그는 표트르에게 속사정을 털어놓았다. 파랗게 질린 표트르에게 바자로프는 그가 할 일은 아무것도 없으며 책임질 일도 없다고 안심시켰다. 표트르는 여전히 파랗게 질린 채 자작나무에 몸을 기대고 있었다.

"그분이 오시는 것 같아요." 얼마 후 표트르가 속삭였다. 과연 파벨 페트로비치였다. 체크무늬 재킷에 하얀 바지를 입은 그의 옆구리에는 초록색 천으로 싼 상자가 들려 있었다.

그는 늦어서 미안하다고 말한 후 먼저 바자로프에게, 이어서 표트르에게 고개 숙여 인사했다. 증인에게 경의를 표한 것이었다.

그가 말했다.

"아무도 보이지 않는군. 방해할 사람은 없어. 자, 시작해볼까?"

"시작하지요." 바자로프가 차분하게 대답했다.

"자, 내가 자네 총에도 장전하겠네. 자네는 그사이에 어제 말한 대로 열 걸음을 재도록 하게." 파벨의 말이었다.

파벨이 권총에 장전하는 사이 바자로프는 열 걸음을 걸어간 후 장화 끝으로 바닥에 금을 그었다. 그러자 그에게 다가간 파벨이 그에게 권총을 둘 다 건네주면서 말했다.

"하나 고르게."

"좋습니다. 어쨌든 우리의 결투가 이상하다 못해 우스꽝스럽다는 걸 인정하시겠습니까? 저 증인 꼴 좀 보십시오."

"뭐든 비웃고 비꼬는 버릇은 여전하군. 이상한 결투라는 건 인정하지. 하지만 내가 진지하게 이 결투에 임하고 있다는 걸 자네에게 알려주는 게 내 의무인 것 같군. 하긴 à bon entendeur, salut(말귀를 잘 알아듣는 사람에게 긴말할 필요 없지)!"

"저도 우리가 서로를 죽이려 하고 있다는 건 인정합니다. 그렇다고 왜 웃어서는 안 되는 거지요? utile(유익, 효용)과 dulci(즐거움, 유쾌함)를 결합하면 왜 안 되지요? 당신이 프랑스어로 말하니 저도 라틴어로 말했습니다."

"나는 진지하게 대결할 준비가 되었다네." 그 말을 되풀이한 후 파벨은 자기 자리로 돌아갔다. 파벨 쪽 발사 경계선에서 열 발자국 뒤였다. 바자로프도 자기 쪽 경계선에서 열 발자국 뒤로 물러갔다.

"준비되었나?" 파벨이 물었다.

"완벽합니다."

"자, 이제 서로 접근하지."

바자로프는 조용히 앞을 향해 걸어갔다. 파벨은 왼손을 주머니에 넣은 채 총구를 들어 올리면서 바자로프를 향해 걸어왔다.

'내 코를 곧장 겨누고 있군.' 바자로프는 생각했다. '제길, 난 저자의 시곗줄이나 겨눠야지.'

순간 바자로프의 귓전을 뭔가가 날카로운 소리를 내며 스쳐 지나갔고 동시에 총성이 울렸다.

'총소리가 들리는 걸 보니 난 무사하군'이라고 바자로프는 생각했다. 그는 한 발자국 더 나서며 겨냥도 하지 않은 채 방아쇠를 당겼다.

파벨 페트로비치가 가볍게 움찔하더니 넓적다리를 움켜잡았다. 그의 하얀 바지 위로 핏줄기가 흘러내렸다. 바자로프는 권총을 던진 후 적수에게 다가가서 말했다.

"상처를 입었습니까?"

그러자 파벨이 말했다.

"결투 조건에 따르면 우리는 아직 한 발씩 더 쏠 수 있네."

"미안하지만 그건 다음에 하지요. 저는 지금 결투자가 아니라 의사입니다." 바자로프가 파벨을 부축하며 말했다.

파벨은 그의 부축을 뿌리치며 한 번 더 결투해야 한다고 우겼지만 얼마 안 있어 그는 그대로 혼절해버렸다. 그의 상처를 살펴본 바자로프가 중얼거렸다.

"제길, 뼈도 멀쩡하고 총알도 깊이 박히지 않았는데…… 3주만 있으면 춤도 출 수 있겠군…… 그런데 기절을 하다니…… 신경이 이렇게 예민하니, 미워할 수도 없겠군! 게다가 피부는 왜 이리 여린 거야!"

가까이 온 표트르는 돌아가신 건 아니냐고 몸을 부들부들 떨었다. 바자로프는 그에게 물이나 떠 오라고 말했다. 그러자 곧 정신을 차린 파벨이 띄엄띄엄 말했다.

"물 필요 없어. 좀 어지러웠을 뿐이야…… 자, 좀 앉을 수 있게 도와주게나…… 이제 됐어…… 가벼운 상처니까 묶기만 하면 걸어갈 수 있을 거야…… 자네만 괜찮다면 결투는 이걸로 그만하지…… 자네는 명예롭게 행동한 거야…… 적어도 오늘, 오늘만큼은……."

"지난 일은 떠올릴 필요 없습니다. 당신이 그 일로 골치 아플 것도 없고요. 저는 당장 이 집을 떠날 겁니다. 자, 다리에 붕대를 감아드리지요."

바자로프는 붕대를 감으면서 표트르에게 마차를 불러오라고 말했다. 그러자 파벨이 황급히 표트르에게 말했다.

"내 동생을 놀라게 하지 마라. 꿈에도 그에게 알릴 생각하지 마라."

표트르는 쏜살같이 달려갔다. 파벨은 바자로프와 눈길을 마주치지 않으려 애썼다. 자신의 오만한 태도와 실패가 부끄러웠다. 그리고 자신이 계획한 이 사건 자체가 부끄러웠다. 하지만 일이 이 이상 잘 마무리되기도 어려웠을 것이라는 생각도 했다. 어쨌든 바자로프가 더 이상 이곳에 머물지는 않을 것 아닌가.

그가 바자로프에게 말했다.

"내가 표트르에게 말했지만 동생을 끝까지 속일 수는 없을 거야. 우리가 정치적 논쟁을 하다 결투를 했다고 해두지."

"제가 영국 숭배자들을 싸잡아 욕했다고 해두지요." 바자로프가 동의했다.

그때 파벨이 말했다.

"아니, 저런 바보 같은 놈이 무슨 짓을…… 동생을 데려오지 않는가!"

바자로프가 고개를 돌려 보았다. 마차에 타고 있는 창백한 니콜라이 페트로비치의 모습이 보였다.

가까이 온 그가 흥분한 목소리로 물었다.

"아니, 이게 어찌 된 일입니까? 예브게니 군, 이게 어찌 된 일인가?"

"아무 일도 아니야. 바자로프 군과 좀 다투다가 약간 다쳤을 뿐이야."

"아니 무슨 일로?"

"그냥, 바자로프 군이 영국 사람들 욕을 하기에…… 미리 말해두지만 이 사건의 책임은 모두 내게 있어. 바자로프 군의 행동은 훌륭했어. 내가 먼저 결투를 신청한 거야."

"그런데, 맙소사, 형님에게서 이렇게 피가 흐르잖아요."

"그럼 내 혈관에 물이 흐를 줄 알았나? 사실 이런 식으로 피를 좀 내보내는 게 몸에도 좋아. 그렇지 않은가, 의사 선생? 자, 나를 마차에나 태워줘. 내일이면 건강해질 거야."

그날 밤이 되자 파벨은 열이 나고 이따금 의식을 잃기도 했다. 집안사람들 그 누구도 잠자리에 들지 않았고 옷도 벗지 않았다. 특히 니콜라이는 수시로 형의 방에 들락거렸다.

새벽녘에 환자는 열이 다시 오르더니 가볍게 헛소리를 하기 시작했다. 그는 처음에는 두서없는 말을 중얼거리더니 갑자기 눈을 뜨고 자신을 향해 몸을 굽히고 있는 동생에게 느닷없이 말했다.

"니콜라이! 페네치카가 어딘지 넬리하고 닮은 점이 있는 것 같지 않아?"

"형님, 넬리라니요? 어느 넬리 말입니까?"

"그걸 몰라서 물어? R 공작부인 말이야. 특히 얼굴 윗부분이…… 같은 혈통인가봐."

니콜라이 페트로비치는 아무 대답도 하지 않았다. 하지만 인간에게 옛 정념이 얼마나 오래 남아 있을 수 있는지를 확인하고 내심 놀랐다. '아니, 이런 상황에서 그런 게 떠오르다니!'라고 그는 생각했다.

파벨이 다시 중얼거렸다.

"아, 나는 그런 경박한 여자를 왜 이리 사랑하는 걸까? 감히 그녀를 건드리는 무례한 놈은……!"

니콜라이는 한숨만 내쉴 뿐 도대체 누구 이야기를 하는 것인지 전혀 알 수 없었다.

다음 날 8시쯤 바자로프가 니콜라이 앞에 나타났다. 이미 떠날 준비를 마치고 개구리, 곤충, 새 들을 모두 놓아준 뒤였다.

니콜라이가 바자로프에게 이렇게 떠나게 되어 유감이라고

말하며 덧붙였다.

"게다가 아르카디가 집에 없을 때……."

"저는 아르카디와 곧 만나게 될 겁니다. 하지만 만약 만나지 못한다면 제 안부를 전해주시고, 보지 못하고 떠나 섭섭했다고 유감의 뜻을 전해주십시오."

전과 마찬가지로 그가 떠난다는 것을 알고 표트르와 두냐샤는 너무 슬퍼했다. 그가 탄 마차가 4킬로미터쯤 갔을 때 키르사노프 영지의 농지들과 새로 지은 집들이 마지막으로 보였다. 그는 침을 뱉으며 "저주받을 속물들!"이라고 한마디 내뱉었다. 그리고 외투로 몸을 더 단단히 감쌌다.

그가 떠난 후에도 파벨을 일주일 정도 더 침대 신세를 져야만 했다. 동생 니콜라이는 그에게 잡지를 읽어주었고, 페네치카는 이전처럼 그에게 시중을 들며 수프, 레몬수, 달걀 반숙, 차를 가져왔다.

어느 날 아침 한결 몸이 가뿐해진 파벨은 침대에서 일어나 소파에 앉아 있었다. 동생 니콜라이는 형의 몸이 좋아졌다는 소식을 듣고 안심이 되어 탈곡장에 나가 있었다. 페네치카가 차 한 잔을 가져와 탁자 위에 놓고 곧바로 나가려 하자 파벨이 그녀를 불러 세웠다.

"왜 그러세요?"

"내가 한 가지 묻고 싶은 게 있어서 그러오. 당신, 내 동생을 사랑하고 있소?"

"네, 사랑해요."

"진심으로?"

"네, 진심으로요."

"나를 똑바로 봐요. 거짓말을 하는 건 죄악이오."

"제가 무슨 거짓말을 한다고 그러세요? 그를 사랑하지 않는다면 이렇게 같이 살 이유가 없잖아요."

"그럼 그를 그 누구와도 바꾸지 않겠다는 거요?"

"아니, 누구와 바꾼다는 거지요?"

"여길 떠난 의사 선생은?"

"오, 도대체 무슨 말씀을 하시는 거예요. 무엇 때문에 저를 이렇게 괴롭히시는 거예요? 어떻게 그런 말씀을……."

"페네치카, 내가 본 것을 당신도 알고 있지?"

"뭘, 뭘 보셨는데요?"

"바로 그곳…… 정자에서……."

"어떻게 그 일로 저를 비난하실 수가……."

파벨은 몸을 일으켰다.

"절대로 비난받을 짓을 하지 않았다 이거요? 절대로?"

"저는 이 세상에서 니콜라이 그분만 사랑하고 있고 평생 사랑할 거예요." 그녀는 힘을 주어 말했다. 갑자기 목이라도 멘 듯했다. "무서운 심판의 날이 오더라도 당신이 보신 그 광경에 대해 저는 죄가 없다고 말할 거예요. 제가 그런 일로 의심받느니 차라리 죽는 게 나아요. 제가 어떻게 제 은인인 니콜라이 그분에게……."

그때 페네치카의 말문이 갑자기 막혔다. 파벨이 그녀의 두 손을 잡은 것이다……. 그녀는 그를 바라보았다. 그리고 몸이 화석처럼 굳어버렸다. 그의 안색이 그 어느 때보다 창백했다. 눈이 빛나고 있었으며 무엇보다 놀랍게도 그의 뺨에 한 줄기 눈물이 흐르고 있었다.

"페네치카!" 그는 왠지 낯선 목소리로 속삭였다. "그를 사랑해주오. 내 아우를 사랑해주오! 이 세상 그 누구와도 바꾸지 마오! 다른 사람 이야기는 절대 듣지 마오! 그 누군가를 사랑하면서 그 사람으로부터 사랑을 받지 못하는 것처럼 무서운 일은 없어요. 불쌍한 니콜라이 곁을 떠나면 절대로 안 되오!"

페네치카는 놀랐다. 무서움이 사라질 정도로 놀라움은 컸다.

파벨 페트로비치, 바로 그 파벨 페트로비치가 그녀의 손을 입술 가까이 가져간 채, 마치 그 손을 꿰뚫기라도 할 듯 바라보면서 감히 입은 맞추지 못하고 이따금 한숨만 내쉬는 것을 보았을 때 과연 그녀는 무엇을 느꼈을 것인가?

'오, 어쩌면 좋아. 발작이라도 일어난 것일까?'라고 그녀는 생각했다.

그렇다. 바로 그 순간, 파벨의 내부에서 망쳐버린 생애 전체가 요동치고 있었다.

페네치카가 어쩔 줄 모르고 있는 그 순간 계단이 삐걱거리는 소리가 들렸다. 파벨은 그녀의 손을 놓고 침대에 몸을 던졌다. 문이 열리자 활짝 핀 얼굴의 니콜라이 페트로비치가 모습을 드러냈다. 가슴에는 마챠를 안고 있었다.

페네치카는 갑자기 니콜라이에게 달려들더니 두 팔로 부자를 껴안고 그의 어깨에 얼굴을 파묻었다. 그러더니 어안이 벙벙해진 니콜라이를 방에 남겨둔 채 마챠를 안고 밖으로 나갔다.

"형님께 마챠를 보여드리려고 데려온 건데…… 형님, 무슨 일 있었나요?"

"니콜라이, 내 부탁을 꼭 들어주겠다고 약속해주겠나?"

"무슨 부탁인데요? 말씀해보세요."

"아주 중요한 부탁이야. 자네 일생의 행복이 여기 달려 있어. 이 이야기를 해주기 위해 정말 오랫동안 곰곰 생각해온 거야…… 니콜라이. 정직하고 고결한 인간으로서의 의무를 다해줘. 자네, 정말 훌륭한 사람인 자네가 지금 보여주고 있는 수치스러운 일에 종지부를 찍도록 해."

"형님, 무슨 말씀을 하시는지……."

"페네치카와 결혼해주게…… 그녀는 자네를 사랑해. 게다가 자네 아들의 어머니야."

니콜라이 페트로비치는 뒤로 한 걸음 물러나더니 손뼉을 쳤다.

"아니, 형님, 진정이십니까? 저는 형님이 그 누구보다 그런 결혼을 강하게 반대한다고 생각해왔는데요! 아니, 진심이세요? 형님이 고결한 의무라고 말씀하신 그 일, 그 일을 제가 지금까지 미루고 있는 건 오로지 형님에 대한 존경심 때문이었다는 걸 모르세요?"

"그런 일로 나를 존경한다는 건 그른 거야." 파벨이 쓸쓸한 미소를 띠고 말했다. "바자로프가 날 속물이라고 비난한 게 옳다는 생각이 들기 시작했어. 이보게, 니콜라이. 이제 더 이상 겉치레나 세상 평판 따위에 신경 쓰며 살지 말자고. 우리는 이제 낡았고 보잘것없어. 이제 온갖 종류의 허영을 버려야 할 때가 온 거야. 자네가 늘 말했듯이 우리의 의무나 행하자고. 그래야 덤으로 행복을 찾을 수도 있을 거야.”

니콜라이는 형에게 달려가 그를 껴안았다.

“형님, 형님이 제 눈을 뜨게 해주셨어요. 형님은 정말 사려 깊으실 뿐 아니라 고결하신 분이에요.”

“좀 진정해라. 그 사려 깊은 사람의 다리는 건드리지 말아다오. 나이 오십에 소위(少尉)처럼 결투를 했으니 참 사려 깊은 사람이지…… 어쨌든 페네치카는 이제…… 내…… 제수씨가 되는 거지?”

“네, 그럼요, 형님. 그런데 아르카디가 뭐라고 할까요?”

“아르카디? 뛸 듯이 기뻐할걸. 결혼이라는 제도가 그놈 원칙에는 맞지 않을지 몰라도 평등심이 그놈을 충족시키겠지. 자, 이제 결정된 거지?”

“물론 결정했지요. 형님, 진심으로 감사해요. 이제 가볼게요. 형님도 흥분을 가라앉히시고 푹 쉬세요. 흥분은 몸에 해로워요.”

그가 나가자 파벨은 생각했다.

‘뭘 저리 고마워하는 거야? 결국은 제가 결정할 일이었으면서…… 저 친구가 결혼하면 어디론가 사라져야지. 드레스덴이건 피렌체건 어디 먼 데로 가서 죽을 때까지 살아야지.’

그는 향수 몇 방울을 이마에 적신 후 침대에 누웠다. 그의 아름답고 수척한 머리는 눈부신 한낮의 햇살을 받으며 마치 죽은 사람의 머리처럼 하얀 베개 위에 놓여 있었다…… 실제로 그는 죽은 사람이나 마찬가지였다.

제11장

　　니콜스코예 마을의 저택 정원, 키 큰 물푸레나무 그늘 아래 놓인 벤치에 카챠와 아르카디가 앉아 있었다. 그들 가까이 땅바닥에 애완견 피피가 허리를 활처럼 굽히고 누워 있었다.

　아르카디도 카챠도 말이 없었다. 아르카디는 손에 반쯤 펼쳐진 책을 들고 있었고 카챠는 바구니에 남아 있던 빵 부스러기를 참새들에게 던져주고 있었다. 참새들은 특유의 조심성을 보이면서도 대담하게 카챠의 발밑까지 와서 종종걸음으로 뛰어다니며 짹짹거렸다. 산들바람이 나뭇잎 사이로 살랑살랑 프랑스어왔고, 그늘진 오솔길과 피피의 등 위에 연한 금빛 햇살이 반점처럼 아른거렸다. 아르카디와 카챠는 그늘에 싸여 있었지만 이따금 선명한 햇살이 카챠의 머리칼 위에서 반짝였다.

그들은 말이 없었지만 함께 앉아 있는 둘 사이에는 은밀한 친근감이 흐르고 있었다. 겉보기에는 상대방을 전혀 신경 쓰지 않는 것 같았지만 내심으로는 각각 그녀가, 그가 곁에 있음을 기뻐하고 있었다. 그들의 표정 또한 우리가 마지막으로 그들을 보았을 때와는 달라져 있었다. 아르카디는 더 부드러워 보였고 카챠는 더 밝고 대담해 보였다.

이윽고 아르카디가 입을 열었다.

"물푸레나무라는 이름, 참 잘 지은 것 같지 않아요? 이처럼 가볍고, 햇빛 아래 투명하게 빛나는 나무에 어울리는 것 같아요."

그러자 카챠가 눈을 들어 위를 보며 대답했다.

"맞아요."

아르카디는 속으로 '이 여자는 미사여구를 늘어놓는다고 나를 비난하지 않아'라는 생각을 했다.

카챠는 아르카디가 손에 들고 있는 책을 눈으로 가리키며 말했다.

"저는 하이네가 웃거나 울고 있으면 안 좋아요. 저는 그가 생각에 잠겨 우울한 모습을 보일 때가 좋아요."

"나는 그가 웃고 있을 때가 좋은데요." 아르카디가 대답했다.

"그게 바로 당신의 풍자적 경향의 잔재예요. 좀 있어봐요. 우리가 당신을 바꿔놓을 테니."

'잔재라…… 이 표현을 바자로프가 들었다면……?' 아르카디는 그런 생각을 하며 되물었다.

"누가 나를 바꿔놓는다고요? 당신이?"

"누구냐고요? 언니지요. 그리고 당신과 말싸움을 하지 않는 플라토노비치도 있고, 또 그저께 당신이 교회로 모시고 갔던 이모도 있고요."

"그래요, 부정은 못 하겠네요. 하지만 언니는 많은 점에서 바자로프와 의견이 같잖아요. 당신도 기억나지요?"

"언니는 그때 그 사람의 영향하에 있었어요. 당신이 그랬던 것처럼."

"'내가 그랬던 것처럼'이라고요? 그럼 내가 지금은 그의 영향에서 벗어났다는 걸 당신이 눈치챘다는 말인가요?"

카챠는 잠자코 있었다. 그러자 아르카디가 재차 말했다.

"나는 당신이 그를 좋아하지 않는다는 걸 잘 알아요."

"저는 그분에 대해 아무런 견해도 없어요."

"카테리나 세르게예브나, 나는 그런 말을 믿지 않아요. 그 누구도 그 누군가에 대해 아무런 견해도 없을 수는 없어요. 그건

제11장

그냥 그런 화제에서 벗어나고 싶을 때 쓰는 표현일 뿐이지요."

"그렇다면 솔직히 말하겠어요. 저는…… 저는 그 사람을……
그래요, 그건 싫어하는 거 하고는 달라요. 다만 저는 그 사람과
는 부류가 다르다고 느꼈을 뿐이에요. 그리고…… 그리고……
당신도…… 그 사람과는 달라요."

"그게 무슨 뜻이지요?"

"어떻게 말씀드려야 할지…… 그는 야수(野獸) 같아요. 하지
만 저와 당신은 길들여졌어요."

"나도 길들여졌단 말입니까?"

카챠가 머리를 끄덕였다. 아르카디가 귀를 긁적이며 말했다.

"카테리나 세르게예브나, 사실 그 말은 꽤 모욕적으로 들리
는데요……."

"왜요? 그렇다면 당신은 야수가 되고 싶단 말이에요?"

"아뇨, 야수라기보다는…… 강하고 힘 있는 인간이……."

"그건 바란다고 되는 게 아니에요. 당신 친구도 그걸 바라서
그렇게 된 게 아니에요. 그는 그런 걸 그냥 지니고 있을 뿐이
에요."

"그렇다면 한 가지 묻지요. 그가 지닌 그 힘 덕분에 그가 당
신의 언니에게 영향을 주었다고 생각하나요?"

"그럴 수도 있겠죠. 하지만 누구도 언니를 오랫동안 지배할 수는 없어요. 언니는 자부심이 강한 사람이에요…… 아니…… 그 말은 부정확해요. 언니는 독립성을 아주 소중하게 생각해요."

"당신은 관찰력이 뛰어난 사람이군요. 사실 당신처럼 재산이 많은 사람 중에는 그런 재능을 지닌 사람이 별로 없는데……."

"하지만 아시다시피 저는 부자가 아닌데요."

아르카디는 그녀의 말을 금방 이해하지 못했다. 그러나 순간 '아하, 이 모든 재산은 그녀 언니 거지'라는 생각이 떠올랐다. 하지만 그 생각 때문에 조금도 기분이 언짢지는 않았다.

그가 그녀에게 말했다.

"그런 말을 그렇게 멋지게 하다니!"

"멋지다니, 무슨 뜻이에요?"

"부끄러워하지도 않고 젠체하지도 않고 말했잖아요. 그런 걸 의식하고 말하는 사람에게는 일종의 허세 같은 게 들어 있는 법이거든요."

"저는 그런 건 전혀 느껴보지 못했어요. 아마 언니 덕인가봐요. 그냥 이야기하다보니 제 처지를 말하게 된 것뿐이에요."

"좋아요. 하지만 당신에게도 내가 방금 말한 그런 허세랄까, 자부심 같은 게 조금은 있겠지요?"

"예를 들면?"

"예컨대…… 이런 질문 하는 걸 용서해주세요…… 당신은 부자와는 결혼할 마음이 없겠지요?"

"제가 그 사람을 정말 사랑한다면…… 아니에요. 그렇더라도 못 할 것 같아요."

"왜 그런 생각을 하는 거지요?"

"어울리지 않는 신분 때문에 불행해진 사람들에 관한 시와 노래가 많잖아요."

"당신은 지배하고 싶은 거겠지요…… 혹은……."

"아니, 정말 아니에요. 뭣 때문에 그런 생각을 하겠어요? 정반대예요. 저는 기꺼이 복종할 준비가 되어있어요. 다만 불평등은 참을 수 없어요. 서로를 존중하면서 복종하는 것, 그거라면 받아들일 수 있어요. 그게 행복이라고 저는 생각해요. 하지만 남에게 예속된 삶이란…… 싫어요…… 그건 지금까지로 충분해요."

"당신은 당신 언니 못지않게 현명해요. 그리고 강해요."

"저를 언니랑 비교하지 마세요. 언니가 얼마나 아름답고 얼마나 똑똑한데…… 그런 진지한 얼굴을 하고 농담을 하시는군요."

"내가 농담하고 있다고요? 만일 내 말이 진담이라면? 미처

내 진심을 제대로 보여주지 못한 거라면?"

"무슨 말씀하시는 건지 못 알아듣겠어요."

"그렇다면 당신에게 관찰력이 뛰어나다고 한 말은 취소해야겠군요."

아르카디는 고개를 돌렸다. 카챠는 다시 빵 부스러기를 참새들에게 던지기 시작했다. 하지만 마치 돌팔매라도 하듯 세게 던지는 바람에 오히려 참새들은 멀리 도망가버렸다.

아르카디가 갑자기 입을 열었다.

"카테리나 세르게예브나! 아마 당신은 하찮은 말인 양 넘겨버리겠지만, 이 말은 꼭 해야겠습니다. 나는 당신을 당신 언니보다, 아니 이 세상 그 누구보다 높이 보고 있습니다."

그는 그 말과 함께 벌떡 일어나더니 그대로 가버렸다. 마치 자기 입에서 나온 말에 스스로 놀란 것 같았다. 카챠는 두 손을 무릎 위에 떨어뜨린 채 오랫동안 아르카디의 뒷모습을 바라보고 있었다. 그녀의 뺨이 보일락 말락 붉어져 있었다. 하지만 입술에는 미소가 어려 있지 않았고 검은 눈동자에는 당혹감과 함께 아직 뭐라고 정의 내리기 힘든 감정이 담겨 있었다.

아르카디는 자기 방으로 가는 도중에 집사를 만났다. 그런데

제11장

175

그의 말을 듣고 그는 깜짝 놀랐다. 바자로프가 자기 방에 와 있다는 것이었다. 그가 방금 도착했으며 안나 오딘초바 부인에게 자신이 온 것을 알리지 말라고 했다는 것이었다.

아르카디는 혹시 집에 무슨 일이라도 생겼는지 걱정이 되어 서둘러 계단을 올라갔다. 하지만 방문을 확 열고 바자로프의 얼굴을 보는 순간 안심이 되었다. 그의 표정에서 별다른 기미를 눈치챌 수 없었다. 바자로프는 먼지투성이 외투를 걸치고 테 없는 모자를 쓴 채 창틀에 걸터앉아 있었다. 아르카디가 환성을 지르며 달려가 목을 껴안았지만 그는 일어나지 않았다.

아르카디가 방 안을 서성이며 말했다.

"그래, 무슨 바람이 불어서 온 거야? 집안엔 별일 없지?"

"별일은 없지만 모두 건강하진 않네." 바자로프는 자신과 파벨 페트로비치 사이에서 벌어졌던 결투 이야기를 해주었다. 아르카디는 내심 매우 놀랐고 슬프기도 했지만 내색하지 않았다. 바자로프와 있을 때는 자신의 감정을 숨기는 데 익숙한 때문이었다. 다만 큰아버지 상처가 정말로 위험하지 않은가만 바자로프에게 물었다. 바자로프는 매우 흥미로운 일이긴 했지만 의학적 관점에서 그렇다는 뜻은 아니라고 대답했다. 아르카디는 억지로 웃음을 지었다. 하지만 가슴속으로는 아픔과 부끄러움을 동시에 느꼈다. 바자로프가 그 속마음을 알아챈 것 같았다.

"이보게, 친구. 봉건적인 사람들과 살면 어떻게 되는지 잘 알겠지? 자기도 봉건적이 되어서 기사들의 무술 시합에 참가하게 되는 거야. 어쨌든 나는 부모님 곁으로 가기로 결심했네. 내가 왜 여기 왔는지는 나도 잘 모르겠어. 거짓말은 쓸데없는 바보짓이라는 철칙을 지닌 처지에 그냥 지나가는 길에 들렀다고 둘러댈 수도 없고…… 사람이라면 가끔 밭에서 무를 뽑아내듯 자기 자신의 앞머리를 부여잡고 자기를 뽑아내보는 것도 좋은 일이야…… 내가 얼마 전에 그런 짓을 했어…… 하지만 나는 내가 포기해버린 것을 다시 한번 보고 싶어졌어. 내가 자라던 그 밭에서……."

수수께끼 같은 말이었다. 아르카디가 어리둥절한 가운데 반문했다.

"설마 나를 두고 하는 말은 아니겠지? 나와 헤어지겠다는 말은 아니겠지?"

바자로프는 아르카디를 뚫어져라 유심히 바라보더니 말했다.

"그게 그렇게 자네에게 슬픈 일인가? 내게는 자네가 이미 나를 포기한 것 같은 생각이 드는데…… 정말 신선하고 말쑥해 보이거든…… 안나 세르게예브나와의 일은 잘되어가고 있나?"

"안나 세르게예브나와의 일이라니? 그게 무슨 소리인가?"

"이런 애송이 도련님 같으니라고! 그녀 때문에 여기 온 거 아니야? 그래, 주일학교 일은 잘되고 있나요?" 거의 비꼬는 투였다.

"이보게, 예브게니! 난 이제까지 자네와 흉금을 터놓고 지냈어. 내 분명히 말하지. 단언하지만 자네가 잘못 생각하고 있는 거야."

"흠, 그건 또 다른 소리로군. 어쨌든 흥분하지 말게. 나와는 아무 상관없는 일이니까. 감상주의자라면 '우리가 갈 길은 다르다'고 말하겠지. 하지만 나는 단순하게 '우리는 서로에게 싫증이 났다'고 말하겠어."

"예브게니!"

"이보게, 친구! 그런 건 아무에게도 해가 되지 않는 일이야. 살다보면 싫증이 나는 일은 얼마든지 있는 법이거든. 자, 이제 작별할 때가 된 것 같아. 마부에게 말을 풀어놓으라고도 하지 않았으니……."

"아니, 그래서는 안 되지!"

"왜?"

"나 때문이 아니야. 안나 세르게예브나에게 너무 실례되는 일 아닌가? 틀림없이 자네를 보고 싶어할걸. 자네야말로 왜 그렇게 시치미를 떼나? 자네야말로 그녀를 보러 여기 온 거 아닌가?"

"그럴지도 모르지. 하지만 어쨌든 자네가 생각하고 있는 것과는 달라."

둘의 대화는 거기에서 끝났다. 그리고 아르카디의 생각이 옳다는 게 증명되었다. 오딘초바 부인이 집사를 통해 바자로프를 자기 방으로 초대했다. 바자로프는 옷을 갈아입고 그녀에게 갔다. 그는 새 옷을 금방 갈아입을 수 있게 미리 준비해두었었다.

오딘초바 부인은 지난번 바자로프와 단둘이 만났던 방이 아니라 응접실에서 바자로프를 맞았다. 그녀는 다정하게 손가락 끝을 내밀었지만 얼굴에는 긴장한 표정을 감추지 못했다. 바자로프가 서둘러 입을 열었다.

"부인, 무엇보다 우선 당신을 안심시켜드려야겠습니다. 당신 눈앞에 있는 이 가엾은 사내는 이미 오래전에 제정신을 차렸습니다. 그리고 다른 이들도 제 어리석은 행동을 잊기를 바라고 있습니다. 저는 당분간 멀리 가 있을 겁니다. 전 그렇게 다정다

제11장

179

감한 사람은 아니지만 누군가 저에 대해 혐오감을 간직하고 있다면 별로 즐거워할 것 같지는 않습니다."

안나 세르게예브나는 심호흡을 했다. 그녀의 얼굴이 밝아졌다.

"지난 일은 지난 일일 뿐이지요. 솔직히 말하면 제게도 잘못이 있었는데요. 한마디로, 이전처럼 친구로 지내요. 그 일은 한바탕 꿈이었을 뿐이잖아요. 누가 꿈을 기억하겠어요?"

"그렇지요, 누구나 꿈을 기억하지는 않지요. 게다가 사랑이란…… 사랑이란…… 실질적인 감정이 아닌 가상의 감정일 뿐이니……."

"정말이에요? 그렇게 말씀해주시니 너무 기뻐요."

바자로프와 오딘초바 부인은 그런 식으로 이야기를 나누었다. 그리고 둘 다 진심을 말하고 있다고 생각했다. 하지만 그들의 말은 과연 진심이었을까? 정말 그들의 말에서 진심만을 볼 수 있을 것인가? 말하는 당사자도 알 수 없었던 것을 저자인들 어찌 알 수 있겠는가? 어쨌든 둘 사이의 대화는 상대방이 진심이라고 완전히 믿는 것에서 시작된 것만은 확실하다.

하지만 두 사람 간의 대화는 그리 오래 지속되지 않았다. 이야기가 공허하고 겉돌았다. 더욱이 오딘초바 부인은 바자로프와 함께 있는 것이 왠지 불편했다. 평범한 대화를 나누고 농담을 하면서도 가벼우나마 무서운 생각이 드는 것을 어쩔 수 없었다.

둘은 대화를 끝내고 홀로 갔다. 홀에는 카챠와 공작부인이 있었고 아르카디의 모습은 보이지 않았다. 어디 갔느냐고 묻자 한 시간 전부터 안 보인다는 것이었다. 집사가 그를 찾으러 갔으나 오랫동안 찾지 못했다. 아르카디가 정원 한구석에 파묻혀 있던 때문이었다. 그는 깍지 낀 손 위에 턱을 괸 채 생각에 잠겨 있었다. 뭔가 심각하고 중대한 일에 몰두해 있는 것 같았지만 결코 슬픈 표정은 아니었다.

그는 오딘초바 부인이 바자로프와 단둘이 있다는 것을 알고 있었다. 하지만 이전 같은 질투심은 전혀 들지 않았다. 오히려 그의 얼굴이 차츰 밝아졌다. 뭔가에 놀란 것 같기도 했고, 기쁜 것 같기도 했으며, 이윽고 그 무언가를 결심한 것처럼 보였다.

제12장

고(故) 오딘초프는 혁신적인 것을 좋아 하지는 않았지만 어느 한도 내에서의 예술은 받아들였다. 그래서 그는 정원 온실과 연못 사이에 회랑과 비슷한 건물을 하나 만들었다. 러시아 벽돌로 만든 그리스 사원 양식의 건물이었다.

바자로프가 도착한 다음 날이었다. 카챠와 아르카디는 그 회랑 입구의 커다란 돌 벤치에 함께 앉아 있었다. 점심 식사까지는 아직 한 시간 정도 남아 있는 시각이었다.

아르카디가 어딘가 부끄러워하는 것 같으면서도 편한 어조로 입을 열었다.

"내가 이 집에 머물면서 당신과 여러 가지 이야기를 나누었지만 아직 이야기를 나누지 않은 중대한 문제가 하나 있습니다. 당신도 알다시피 나는 많이 변했습니다. 그리고 내가 그렇게 변할 수 있었던 것은 오로지 당신 덕분입니다."

"저요? ……제 덕이라고요?"

"나도 스물셋이란 나이를 헛먹은 게 아닙니다. 이전에는 나의 이상을 너무 먼 곳에서 찾고 있었습니다. 하지만 이제는 더 이상 그러지 않습니다. 그것은…… 그것은…… 훨씬 가까운 곳에 내가 찾던 것이 있음을 알게 된 때문입니다."

하지만 그는 이야기하면 할수록 말을 더듬고 두서없이 횡설수설하기 시작했다. 카챠는 눈을 들지 않은 채 얌전히 듣고 있었다. 그가 왜 이런 쓸데없는 말들을 앞세우는지 이해하지 못하는 것 같기도 했고 무언가를 기다리는 것 같기도 했다.

아르카디는 다시 온 힘을 다해 마음을 가다듬고 말했다.

"내 말을 듣고 놀라실지 모르겠습니다. 지금 내 감정은 어떤 의미에서…… 어떤 의미에서…… 당신과 연관이 있으니까요."

순간 정원 쪽에서 안나 세르게예브나의 목소리가 들렸다. 바자로프와 산책을 하면서 이야기를 나누던 중이었던 것이다. 아르카디는 입을 다물었다. 그들은 아르카디와 카챠의 이야기를 하고 있었다.

"그 둘은 꼭 남매 같아요. 그게 참 마음에 들어요. 둘 사이가 그렇게 가까워지는 걸 막아야 할지 모르겠지만……." 오딘초바 부인의 말이었다.

"그건…… 언니로서 하는 말입니까? 아니면……."

"물론 언니로서 하는 말이지요. 우린 참 이상한 이야기만 나눈 것 같아요. 당신과 이런 식의 이야기를 나누리라고는 생각도 못 했어요. 아시겠지만 전 당신이 두려워요…… 그러면서 동시에 당신을 믿어요. 사실상 당신은 선량한 사람이니까요."

그러자 바자로프가 반박했다.

"저는 조금도 선량한 사람이 아닙니다. 제가 당신에게 아무 의미도 없는 존재이니까 그런 말씀을 하시는 겁니다…… 죽은 사람 위에 화환을 올려놓는 것과 마찬가지지요."

"그건 우리 책임이 아니라……." 오딘초바 부인이 뭐라고 말했지만 갑자기 불어온 바람에 나뭇잎이 흔들려 그녀의 말을 묻어버렸다. 이윽고 "물론 당신은 자유롭지요……." 하는 바자로프의 말이 들렸지만 곧 그들의 발소리와 함께 멀어져갔다. 그리고 모든 것이 잠잠해졌다.

아르카디가 카챠를 향해 몸을 돌렸다. 그녀는 여전히 같은 자세였으나 고개를 더 숙이고 있었다.

"카테리나 세르게예브나." 아르카디가 자신의 두 손을 움켜 쥐고 말했다. 목소리가 떨리고 있었다. "당신을 사랑합니다. 영원히, 그리고 변함없이…… 오로지 당신만을. 나는 당신에게 이 말을 하고 싶었고…… 당신의 의견을 듣고 싶었고…… 당신에게 청혼하고 싶었고…… 나는 부자는 아니지만 당신에게 모든 것을 희생할 준비가 되어 있습니다……. 왜 대답이 없으시죠? 나를 믿지 못하나요? 내가 경솔한 말을 한다고 생각하나요? 자, 나를 봐요. 한마디만…… 한마디만…… 당신을 사랑합니다…… 진정으로 사랑합니다…… 날 믿어줘요!"

카챠는 눈을 들어 아르카디를 바라보았다. 맑으면서 진지한 눈빛이었다. 그녀는 오래 망설이더니 희미한 미소를 띠며 말했다.

"네."

아르카디는 돌 벤치에서 벌떡 일어났다.

"네라고요! 네라고 대답했지요, 카테리나! 무슨 뜻이지요? 내가 당신을 사랑한다는 것…… 그것을 믿는다는 것인지…… 아니면…… 아아, 더는 말 못 하겠어요!"

"네." 카챠가 다시 말했다. 아르카디는 그녀의 뜻을 확실히 이해할 수 있었다. 그는 그녀의 두 손을 꼭 잡아 자기 가슴으로 가져갔다. 그는 겨우 발을 딛고 서서 "카챠! 카챠"라고만 되뇔

뿌이었다. 그녀는 눈물을 흘리며 조용히 미소 지었다. 사랑하는 사람의 눈에서 흐르는 이 눈물, 부끄러움과 감사의 마음에 취한 채 흘리는 이 눈물을 본 적이 없는 사람은 그 누구도 진정으로 행복한 사람이라고 말할 수 없으리라!

이튿날 아침 오딘초바 부인은 바자로프를 자기 서재로 불렀다. 그가 오자 그녀는 억지로 웃음을 지으며 그에게 편지 한 통을 내밀었다. 카차에게 청혼하는 아르카디의 편지였다. 재빨리 편지를 훑어본 바자로프는 가슴속에 순간적으로 치밀어 오르는 심술궂은 감정을 억제하며 말했다.

"그렇군요. 당신은 어제만 해도 둘이 남매처럼 좋아하는 것 같다고 했지요? 이제 어떻게 할 작정이지요?"

"어떤 충고를 해주시겠어요?" 오딘초바 부인이 여전히 웃음 띤 얼굴로 그에게 물었다.

바자로프는 조금도 기쁘지 않았고 웃고 싶은 생각이 없었지만 그녀와 마찬가지로 억지로 웃으며 말했다.

"제 생각에는 두 젊은이를 축복해주어야 한다고 봅니다. 어디로 보나 잘 어울려요. 그의 아버지는 꽤 재산이 많이 있고 그는 외아들입니다. 아버지는 선량한 분이라서 이 결혼을 반대하지 않을 겁니다."

"그래요? 카챠를 위해서도 좋은 일이겠지요…… 문제 될 건 아무것도 없고…… 아, 난 이제 정말 늙었나봐요…… 어떻게 감쪽같이 모를 수가 있었지요?"

"요즘 젊은이들은 아주 교활해졌지요." 바자로프가 웃으며 말했다.

"자, 이제 저는 떠나야겠습니다. 이 일을 잘 마무리하시기 바랍니다. 저는 멀리서 축하드리겠습니다. 안녕히 계십시오."

오딘초바 부인이 그에게 말했다.

"왜 그렇게 급히 떠나려는 거예요? 좀 더 계세요…… 당신과 이야기 나누는 게 즐거워요…… 마치 벼랑 끝을 걷는 것 같거든요…… 처음에는 무섭지만 점점 용기가 생기고…… 더 계세요."

"아닙니다. 말씀은 고맙지만…… 너무 오랫동안 제 세상이 아닌 곳을 떠돌아다닌 것 같습니다. 날치는 얼마 정도 하늘에 떠 있을 수 있지요. 하지만 곧바로 다시 물속으로 추락할 수밖에 없습니다. 저도 제 본연의 상태로 돌아가게 해주십시오."

부인은 그를 바라보았다. 그의 창백한 얼굴에 쓰디쓴 웃음이 떠올라 있었다.

'이 남자는 나를 사랑했어.' 그녀는 생각했다. 그리고 그가 불쌍해서 애정 어린 두 손을 그에게 내밀었다.

하지만 바자로프는 그녀의 속마음을 읽었다. 그는 뒤로 한 걸음 물러서며 말했다.

"아닙니다. 나는 가난한 사람이지만 지금껏 남의 자비를 바라지는 않았습니다. 안녕히 계십시오. 그리고 건강히 지내십시오."

"전 이게 우리들의 마지막 만남이 아니라고 확신해요." 오딘초바 부인이 저도 모르게 몸을 움찔하며 말했다.

"하긴 어떤 일이든 일어날 수 있는 게 세상이지요." 바자로프는 고개 숙여 인사하고 밖으로 나갔다.

그날 바자로프는 트렁크 짐을 꾸리며 아르카디에게 말했다.

"그래, 보금자리를 꾸리겠다 이거지? 아주 중요한 일이지. 그러면서 그렇게 '딴소리들'을 할 필요는 없었잖아. 나는 자네가 전혀 다른 방향으로 갈 줄 알았어. 어쨌든 자네 자신도 놀랐겠지?"

"자네와 헤어져 이곳에 올 때까지만 해도 이렇게 될 줄 몰랐다네. 그런데 자네야말로 왜 '아주 중요한 일'이라는 둥 '딴

소리'를 하는 건가? 결혼에 대한 자네 생각을 내가 빤히 아는데……."

"이보게, 아니 무슨 말을 그렇게 하나! 지금 내가 무슨 일을 하고 있는지 보이지? 트렁크에 빈자리가 있는 것 같아서 건초를 채우고 있지 않은가. 우리 인생이라는 트렁크도 마찬가지야. 빈자리로 두느니 뭐든 채워 넣어야 해. 게다가 카챠는 영리한 여자야. 당장 자네를 손아귀에 넣을 걸세. 하긴 그렇게 되어야 하지."

그는 트렁크 뚜껑을 탁 닫고 일어나면서 말을 이었다.

"헤어지면서 한마디만 더 하겠네…… 자기 자신을 속일 필요는 없으니…… 우리는 이제 영원히 헤어지는 거야…… 자네도 느끼고 있겠지…… 자네는 현명하게 행동한 거야. 자네는 우리처럼 쓰리고, 거칠고, 외로운 삶을 살도록 태어나지 않았어. 자네에게는 예기(銳氣)도 없고 증오도 없어. 단지 젊음의 대담함과 젊음의 혈기만 있을 뿐이야. 그런 건 우리가 하는 일에는 아무 쓸모가 없어. 자네 같은 사람은 이른바 〈고상한 순종〉이나 〈고상한 분개〉 너머로는 한 발자국도 나아갈 수 없어. 자네 같은 사람들은 싸움도 하지 않으면서 스스로를 용감한 놈인 양 착각하지. 우리는 싸우는 사람이야. 그래! 우리가 일으키는 먼지에 자네들 눈이 따가울 수도 있고, 우리의 진흙이 자네들 옷을 더럽힐지도 몰라. 하지만 자네들은 우리를 따라오기엔 아직 멀었어. 자네들은 스스로를 찬양하거나 자책하길 좋아하지. 무의식적으로 그렇게들 하게 되어 있어. 하지만 우리는 이제 그런 건 질렸어. 우리에겐 다른 게 필요해. 우리에게는 우리가 박살내야만 하는 외부의 사람들만 눈에 들어올 뿐이야. 자네는 훌륭한 친구야. 하지만 부드럽고 자유로운 귀족 속물에 불과해. 우리 아버지가 쓰는 말마따나 '그게 다'야."

아르카디가 슬픈 목소리로 말했다.

"예브게니, 정말 나와 영영 헤어지는 거야? 더 이상 내게 해줄 말은 없어?"

"있지. 하지만 말하지 않겠어. 감상적인 말들이니까. 자, 가능한 한 빨리 결혼해서 보금자리를 꾸리고 한껏 아이들을 많이 낳아. 우리보다 좋은 때에 태어나니까 현명하겠지. 아, 마차가 준비된 것 같군. 자, 이제 떠나야겠어."

아르카디는 과거의 친구이자 스승의 목을 껴안았다. 눈물이 왈칵 쏟아졌다. 바자로프가 말했다.

"젊음이란 이런 법이지. 하지만 자네에게 카챠를 남기고 떠나는 셈이라네. 그녀는 금세 자네를 위안해줄 거야."

이윽고 마차가 덜컹거리며 멀어졌다.

바자로프가 한 말이 맞았다. 그날 밤 카챠와 이야기를 나누면서 아르카디는 이전의 스승은 완전히 잊어버렸다. 그는 이미 그녀가 이끄는 대로 따르기 시작한 것이다. 카챠도 그것을 충분히 의식했지만 놀라지는 않았다.

안나 세르게예브나는 얼마 후 아르카디를 마리노 마을로 돌려보냈다. 젊은이들을 방해한 것이 아니었다. 다만 예의상 결혼 전의 젊은이들이 너무 오래 붙어 있지 못하게 하고 싶었을 뿐이었다.

두 젊은이의 모습을 보면서 안나 세르게예브나 오딘초바는 스스로에게 놀랐다. 그들의 행복한 모습을 보고 자신이 괴로워하지나 않을까 걱정했었는데 오히려 정반대였다. 그들을 보고 그녀는 괴롭기는커녕 재미가 있었고 자신의 마음까지 부드러워졌다. 오딘초바 부인은 그 사실이 기쁘기도 했고 슬프기도 했다. 그녀는 생각했다.

'그래, 바자로프의 말이 확실히 맞아. 그건 호기심이었어. 호기심 외에 아무것도 아니었어. 나는 그저 평온한 걸 좋아했던 거고, 이기적이었던 거야.'

그리고 그녀는 큰 소리로 말했다.

"얘들아! 사랑이란 정말로 가상의 감정이 아니니? 정말 그렇지 않니?"

하지만 카챠도 아르카디도 그 말이 무슨 뜻인지 전혀 이해할 수 없었다.

제13장

　　바자로프의 노부모는 아들이 뜻하지 않게 일찍 돌아오자 뛸 듯이 기뻤다. 어머니 아리나 블라시예브나가 너무 흥분한 나머지 어찌나 집 안을 이리저리 뛰어다녔는지 남편인 바실리 이바니치가 그녀를 '자고새' 같다고 놀려 댈 정도였다. 하지만 정작 아버지도 마찬가지였다. 그는 파이프를 입에 물고 마치 목이 튼튼히 붙어 있는지 확인하려는 듯 목을 빙글빙글 돌리기도 했고, 갑자기 입을 크게 벌리고 껄껄 웃음을 터뜨리기도 했다.

　　그러나 바자로프는 냉정하게 말했다.

　　"아버지, 저는 이곳에 6주 동안 머물 겁니다. 연구하고 싶으니 저를 방해하지 말아주세요."

그러자 아버지가 대답했다.

"아예 우리 얼굴을 잊어버릴 정도로 만들어주마."

아버지는 약속을 지켰다. 전처럼 서재를 아들에게 내주고 완전히 발길을 끊은 것이다. 그는 아내에게 말했다.

"여보, 지난번 에뉴시카가 왔을 때 우리가 좀 성가시게 굴었지? 이번에는 우리가 좀 정신 차립시다."

아리나는 남편의 말을 따랐다. 아들은 식사 때만 겨우 볼 뿐이었고, 아들에게 말을 거는 것조차 두려워했다. 물론 그녀가 가끔 아들 이름을 부를 때도 있었다. 하지만 그녀는 아들이 돌아보기도 전에 손가방의 술을 손가락으로 초조하게 만지작거리면서 "아니다, 애야. 아무것도 아니야"라며 말을 더듬기만 했다.

그런데 얼마 지나지 않아 바자로프 스스로 서재에 틀어박힌 은둔 생활을 그만두었다. 공부에 대한 열정은 사라지고 그 대신 권태와 불안이 그를 사로잡은 것이다.

그가 서재 밖으로 나오자 처음에 부모들은 기뻐했다. 더욱이 예브게니는 아버지와 채소밭을 거닐기도 했고 응접실에서 차를 마시기도 했다. 그러나 그 기쁨은 곧 걱정으로 변했다. 그의 의연했던 걸음걸이는 피로에 젖은 느린 걸음으로 바뀌었고, 표정이나 동작에 기운이 없었다.

아버지는 아내에게 은근히 아들에 대한 걱정을 털어놓았다.

"그 애가 불만스러워하거나 화를 내서가 아니라오. 그건 아무것도 아니지. 그 애가 괴로워하고 슬퍼하고 있어. 이게 무서운 거야. 차라리 우리에게 짜증이라도 내면 좋겠는데 언제나 입을 다물고 있으니. 점점 야위어가고 안색도 안 좋아지고 있어요."

바실리 이바니치는 몇 번이고 아들에게 아들의 연구와 건강에 대해, 그리고 친구 아르카디에 대해 물어보려고 시도했지만 바자로프는 번번이 퉁명스럽게 몇 마디만 던질 뿐이었다. 정치 문제를 건드려도 마찬가지였다. 한번은 바실리가 농노해방의 필요성과 진보 사상을 두둔하는 발언을 던지고 아들의 반응을 기다렸다. 하지만 아들은 단지 이렇게 말했을 뿐이다.

"어제 담장 옆을 지나가는데 농부의 아이들이 발라드 대신 행진가를 부르고 있더군요. 그런 게 진보겠지요, 뭐."

바자로프가 가끔 마을로 가서 농부와 이야기를 나눌 때도 있었다. 바자로프는 농부에게 이렇게 말하곤 했다. 언제나 그렇듯 약간 빈정거리는 투였다.

"이보게, 인생에 대한 자네의 견해를 내게 자세히 말해주지 않겠나? 모두 모든 러시아의 힘과 미래는 자네들 손에 달려 있다고들 말하잖아. 새로운 역사는 자네들로부터 시작될 거라고…… 자네들이 모두에게 우리의 진정한 언어와 법을 마련해 줄 것이라고."

농부가 더듬거리며 "글쎄요, 애는 써보겠지만, ……그게 어디……"라고 말했다.

그러자 바자로프가 다시 물었다.

"어디 농민 공동체, 평화 이런 게 어떤 건지 설명해봐."

농부는 평온한 어조로 상냥하게 노래하듯 대답했다.

"그런 게 어디 우리 뜻대로 되나요. 나리들 뜻대로 되는 거지요. 나리들이 우리들의 어버이니까요. 나리들 법이 엄격할수록 우리 농부들에게도 좋은 거지요."

바자로프는 어깨를 으쓱하며 제 갈 길을 갔다. 그가 사라지자 멀찌감치 그들이 대화하는 모습을 보고 있던 다른 농부가 와서 물었다.

"무슨 이야기를 한 거야? 밀린 소작료 이야기를 하던가?"

"뭔 놈의 밀린 소작료!" 상냥하게 노래하듯 하던 목소리는 어디론가 사라지고 퉁명스럽고 거친 말투였다. "뭐 쓸데없는 소리나 지껄이더군. 입을 놀리고 싶었던 게지. 지주인 주제에

도대체 뭘 알겠어?"

"맞아. 알 리가 없지."

그런 후 둘은 그들의 일, 그들에게 당장 필요한 것들에 대해 이야기를 나누기 시작했다.

오, 바자로프! 상대방을 얕보듯 어깨를 으쓱했던 바자로프! 파벨 페트로비치와 논쟁을 벌일 때마다, 자신은 얼마든지 농부들과 대화할 수 있다고 자랑했던 바자로프! 바로 그 자신감 탓에, 그 역시 농부들 눈에는 한낱 어릿광대에 불과하다는 것을 꿈에도 생각하지 못했으니!

바자로프는 마침내 자신이 해야 할 일을 찾아냈다.

어느 날이었다. 바실리 이바니치는 아들이 보는 앞에서 부상당한 농부의 발을 붕대로 싸매고 있었다. 하지만 손이 떨려 붕대를 잘 감을 수 없었다. 나이 탓이었다. 아들은 아버지를 도와주었고, 그것을 계기로 아들은 아버지의 진료 행위에 동참했다.

아버지를 도와주면서 바자로프는 자기 자신의 치료 방법을 썼다. 하지만 그는 아버지의 낡은 치료 방법을 비웃는 게 아니라 자신의 치료 방법을 비웃었고 자신의 권고를 그대로 실행에 옮기는 아버지를 비웃었다. 독자들도 그런 그의 모습에는 이미 익숙해졌으리라.

하지만 그의 아버지는 그의 비웃음 때문에 조금도 마음이 상하지 않았다. 오히려 그 비웃음이 아버지 마음을 편안하게 했다. 아들이 까닭 모를 우울증에서 벗어난 것으로 보인 때문이었다. 아들의 언행이 불손하면 불손할수록 아버지는 행복해했다. 심지어 그는 아무 의미도 없으며 사소하기만 한 아들의 불손한 언행을 스스로 되뇌기도 했다. 예를 들자면, 며칠 동안 그는 "그건 별로 중요한 게 아니야"라는 말을 입에 달고 다녔다. 그가 새벽 예배에 나가는 걸 보고 아들이 "그건 별로 중요한 게 아니잖아요"라고 말한 때문이었다. 그는 아내에게 "이제 그 애가 우울증에서 벗어났어. 정말 잘됐어"라고 속삭였다. 그는 그런 훌륭한 아들을 조수로 둔 것이 자랑스러웠다.

그러던 어느 날, 이웃 마을 농부 한 명이 티푸스에 걸린 동생을 바실리 이바니치에게 데리고 왔다. 이 불쌍한 환자는 짐마차 짚단 위에 누워 거의 죽어가고 있었다. 온몸이 검은 반점으로 뒤덮여 있었으며 이미 오래전에 의식을 잃은 상태였다. 바실리 이바니치는 좀 더 일찍 오지 못했느냐고 농부를 책망한 후, 이미 늦었다며 되돌려 보냈다. 환자는 도중에 숨을 거두었다.

그 일이 있은 지 사흘 후였다. 바자로프가 아버지의 방으로 오더니 질산은이 있느냐고 물었다.

"있지. 그런데 어디 쓰려고?"

"좀 필요해요…… 상처를 지지려고요."

"누구 상처?"

"제 상처요."

"뭐, 네 상처? 어쩌다? 무슨 상처인데? 어디야?"

"여기 손가락이요. 오늘 이웃 마을에 갔다 왔어요. 지난번에 티푸스로 죽은 환자 있잖아요. 무슨 이유에선지 오늘 시체 해부를 한다고 하더군요. 오랫동안 해부 실습을 못 했기에 저도 가봤어요. 군의(郡醫)에게 부탁해서 함께 해부하다가 좀 베였어요."

얼굴이 창백해진 바실리 이바니치는 황급히 서재로 달려가서 약간의 질산은을 가지고 돌아왔다. 질산은을 발라주면서 아버지가 아들에게 말했다.

"애야. 불에 달군 쇠로 지지는 게 낫지 않겠니?"

"그러려면 진작 했어야 했어요. 실은 이제 질산은도 소용이 없어요. 감염되었다면 이미 늦었어요. 벌써 네 시간이나 지난 걸요."

"아니 군의에게 질산은도 없었단 말이냐?"

"없었어요."

사흘이 흘렀다. 그사이 바실리는 아들의 눈치를 보면서 전전
긍긍했을 뿐이다. 그러나 사흘째 되는 날 점심 식탁에서 아들
이 아무 음식도 들지 않는 것을 보고 아버지는 참다못해 물었
다. 표정은 일부러 무심한 척했지만 속은 타들어가고 있었다.

"애야, 왜 안 먹는 거니?"

"먹고 싶지 않을 뿐이에요."

"식욕이 없어? 머리는 어떠냐? 두통은 없어?"

"물론 있지요. 없을 리가 있겠어요?"

남편에게서 아무 이야기도 듣지 못한 아리나 블라시예브나
는 무슨 일인지 궁금해서 귀를 바짝 기울였다.

"열도 있고 오한도 나는 게 감기에 걸린 것 같아요." 말을 마
친 바자로프는 식당을 나가 서재로 가서 누웠다.

그날 바자로프는 더 이상 자리에서 일어나지 못했으며 밤에
는 혼수상태에 빠졌다. 자정이 넘어 겨우 정신을 차린 그는 자
신을 내려다보고 있는 아버지의 창백한 얼굴을 보고는 나가달
라고 했다. 아버지는 방을 나갔다가 문 뒤에서 몸을 반쯤 숨기

고 아들을 지켜보았다. 심상치 않은 기색을 눈치챈 어머니는 잠자리에 들지 않은 채 남편의 뒷모습만 바라보며 가슴을 졸였다. 갑자기 집안 분위기가 온통 어두워졌고 사람들은 풀죽은 얼굴을 했다.

다음 날 아침 바실리는 군의를 불러오라고 사람을 보냈다. 그는 그 사실을 아들에게 알리려고 아들의 방으로 들어갔다.

바자로프는 흐릿한 눈길로 아버지를 바라보더니 물을 좀 달라고 했다. 바실리는 아들에게 물을 먹여주면서 이마를 짚어보았다. 불덩이처럼 뜨거웠다.

"아버지." 바자로프가 쉰 목소리로 천천히 말했다. "상태가 안 좋아요. 저는 감염되었어요. 며칠 후면 저를 묻으셔야 할 거예요."

바실리 이바니치는 마치 누군가가 다리를 걷어차기라도 한 듯 비틀거렸다.

"예브게니! 무슨 소리냐…… 하나님이 보살펴주실 거다! ……넌 감기에 걸린 거야!"

"아버지, 그런 말씀 마세요." 바자로프가 아버지의 말을 자른 후 천천히 말했다.

"의사로서 그렇게 말씀하시면 안 되지요. 자, 보세요."

그는 셔츠를 걷고 팔에 울긋불긋 난 반점들을 보여주었다. 감염 증상이었다.

아버지가 "그게…… 그게…… 그냥 전염병……"이라며 말을 잇지 못하자 아들이 말했다.

"농혈(膿血)이에요."

"아니야…… 그냥 다른 전염병……."

"농혈이에요. 아버지, 교과서에 쓰인 걸 벌써 잊어버리셨어요?"

"그래, 좋을 대로 해라…… 어쨌든 내가 너를 고쳐놓겠다."

"아버지, 그런 쓸데없는 소리는 하지 마세요. 그런 게 문제가 아니에요. 저도 제가 이렇게 일찍 죽게 될 줄은 몰랐어요. 솔직히 기분 나쁜 일이 벌어진 거지요. 부모님 두 분은 두 분의 굳건한 신앙에 기대셔야 해요. 그 믿음을 시험해볼 기회가 온 거예요."

바자로프는 물을 한 모금 마신 후에 말을 이었다.

"아버지께 한 가지 부탁이 있어요. 아직 제가 제 머리를 마음대로 쓸 수 있을 때 말씀드리고 싶어요. 내일이나 모레가 되면 제 뇌는 활동을 멈출 테니까요. 아버지, 아버지는 의사를 부르셨지요? 아버지 스스로 위안을 삼기 위해서…… 저도 스스로 위안을 찾게 해주세요…… 집사를 어디론가 보내주세요……."

"어디로? 아르카디에게?"

"누구요? 아르카디요? 어휴, 그런 애송이! 지금 한창 신나게 놀고 있을 테니 내버려두세요. 안나 세르게예브나 오딘초바에게 집사를 보내주세요. 알고 계시지요? 전에 집사를 보내신 적이 있잖아요. 제가 안부를 전한다고 하고…… 제가 죽어간다는 말도 전해주라고 하세요."

말을 마친 바자로프는 힘겹게 벽 쪽으로 돌아누웠다. 바실리 이바니치는 아들의 부탁을 들어주겠다고 말한 후 서재에서 나왔다. 그는 아내의 방으로 가서 아내 앞에 무릎을 꿇었다.

"여보, 기도해요! 기도해! 우리 아들이 죽어가고 있어."

그 말은 듣고 이바나는 거의 기절할 지경이었다.

얼마 후 아버지가 부른 군의가 왔고 그는 환자를 진찰한 후 얼음찜질 요법을 계속하라고 권했다. 그리고 환자가 회복될 수도 있다고 되는 대로 한두 마디 했다. 그러자 바자로프가 말했다.

"나 같은 상태에 있는 사람이 죽지 않은 경우를 본 적이 있나요?"

그러더니 그는 갑자기 소파 옆에 있던 무거운 책상다리를 잡더니 그것을 힘으로 밀어냈다.

제13장

그는 중얼거렸다.

"아직 이렇게 힘이 있는데…… 힘이 있는데…… 모든 것들이 여전한데 죽어야 하다니! ……늙어서 죽는다면 최소한 삶으로부터 밀려날 시간이라도 있을 것을…… 하지만 나는 이렇게 젊어서…… 아니야. 아무리 죽음이 부당하다고 반박해봤자 소용없어…… 죽음이 나를 반박할 테니…… 거기 누가 울고 있지요? 아, 어머니! 불쌍한 어머니! 이제 그 훌륭한 야채수프를 누구에게 먹이지요? 아버지, 아버지도 울먹이고 계시네요. 두 분다 기독교가 도움되지 않는다면 철학자가 되세요. 스토아철학자요. 아버지는 늘 당신이 철학자라고 하셨잖아요."

그의 말에 아버지와 어머니는 눈물만 흘릴 뿐이었다.

시간이 흐를수록 바자로프의 병세는 악화되었다. 그사이 집사 티모페이치는 오딘초바 부인을 찾아 떠났다.

바자로프는 그날 밤 내내 고열에 시달렸다. 하지만 아침이 되자 약간 병세가 호전되었다. 그는 어머니에게 머리를 빗겨달라고 한 후 어머니의 손에 입을 맞추고 차를 한두 모금 마셨다. 바실리는 아들이 위기를 넘겼다고 좋아했다. 하지만 그것도 잠깐이었다. 다시 병이 그에게 공격을 가해왔다.

바실리 이바니치는 바자로프 옆에 걱정스런 표정으로 앉아 있었다.

그때 마차 덜컹거리는 소리가 노인의 귀에 들렸다. 소리는 점점 더 가까워지더니 말들이 히힝 하는 소리도 들렸다. 노인은 창가로 가서 밖을 내다보았다. 네 필의 말이 끄는 2인승 포장마차가 마당으로 들어서고 있었다. 그는 밖으로 나가 현관 계단을 내려갔다. 그는 뭔가 알지 못할 기대감에 휩싸여 있었다. 제복을 입은 하인이 포장마차의 문을 열자 검은 망토를 걸친 부인이 마차에서 내렸다.

"저는 오딘초바라고 합니다. 예브게니 바실리치는 아직 살아 있나요? 당신이 그의 아버님이시겠군요. 제가 의사를 데려왔어요."

"오오, 고마우셔라! 물론 살아 있지요!" 바실리 이바니치가 외쳤다. 그녀를 뒤따라 키 작은 사내가 마차에서 내렸다. 안경을 낀 독일인 의사였다.

바실리는 안을 향해 소리쳤다.

"여보! 여보! ……하늘에서 우리 집에 천사를 보내셨소!"

"여보, 그게 무슨 소리예요?" 노파가 응접실에서 뛰어나오며 덩달아 큰 소리로 외쳤다. 그리고 안나 세르게예브나의 발

밑에 엎드려 그녀의 옷자락에 입을 맞추기 시작했다.

안나 세르게예브나는 이러지 마시라며 그녀를 붙잡아 일으켰다. 그러자 독일인 의사가 더 이상 못 참겠다는 듯 환자는 어디 있느냐고 독일어로 말했다.

바실리는 의사를 서재로 안내했다. 30분 정도 진찰을 하며 바자로프와 이야기를 나눈 후 의사는 밖으로 나와 회복할 가능성이 전혀 없다고 안나 세르게예브나에게 속삭였다. 바실리는 안나 세르게예브나를 서재로 데리고 들어갔다.

그녀는 바자로프를 바라보았다. 그리고…… 문가에 멈춰 섰다. 그의 죽어가는 핏기 없는 얼굴, 자신을 바라보는 흐릿한 눈길에 충격을 받은 것이다. 그러나 그녀가 느낀 것은 다만 놀람, 일종의 차갑고 숨 막히는 놀람뿐이었다. 순간 그녀에게, 자기가 진정으로 바자로프를 사랑했다면 이런 느낌은 받지 않았을 것이라는 생각이 떠올랐다.

바자로프가 간신히 입을 열었다.

"감사합니다. 기대하지 않았는데…… 자비로운 행동입니다. 당신이 말한 대로 이렇게 다시 만나게 되었군요." 그는 아버지를 바라보며 말을 이었다. "아버지, 자리 좀 비켜주시겠어요?"

바실리 이바니치가 밖으로 나가자 바자로프가 다시 말했다.

"이거, 정말 고맙습니다. 군주 같은 행동을 해주셨군요. 황제는 죽어가는 사람을 찾아본다지요."

"예브게니 씨, 나는……."

"부인, 우리 이제 솔직하게 말하지요. 저는 이제 끝장났습니다. 바퀴 밑에 깔린 셈이지요. 미래 같은 걸 생각할 필요가 없습니다. 죽음이란 건 아주 오래된 농담이지만 누구에게나 새로운 법이지요. 아직 두렵지는 않지만…… 의식을 잃게 되면 모든 게 끝이지요! 그래요, 제가 드리고 싶은 말은…… 저는 당신을 사랑했어요! 하지만 전에도 아무 의미가 없었고 지금은 더욱더 그렇지요. 사랑도 한 형태인데, 나 자신이라는 형태는 이제 무너져 내리고 있으니…… 그보다 이런 말을 하는 게 낫겠군요. 아아, 당신은 정말 사랑스럽습니다! 그리고 그렇게 서 있는 모습! 정말 아름답습니다."

안나 세르게예브나는 자기도 모르게 전율을 느꼈다.

"괜찮습니다. 놀랄 것 없습니다…… 거기 앉으세요…… 가까이 다가오지 마세요…… 제 병은 전염되니까요."

그러나 안나 세르게예브나는 재빨리 방을 가로질러 침대 옆 안락의자에 앉았다.

바자로프가 중얼거렸다.

제13장

"오, 이토록 가까이 당신이…… 당신은 얼마나 젊고 얼마나 생기 넘치고 얼마나 순수한가요! ……이 누추한 방에서! 그럼 부디 안녕히…… 오래오래 사시길…… 그게 최고지요…… 그리고 그럴 수 있을 때 인생을 즐기세요. 저를 보세요. 정말 흉한 꼴이지요? 반쯤 짓밟힌 벌레가 여전히 꿈틀거리는 꼴! 그러면서도 이런 생각을 했지요. '내게는 할 일이 많아. 난 죽지 않을 거야! 왜 내가 죽어야 해! 풀어야 할 과업도 많고 나는 거인인데!' 그런데 그 거인에게 이제 남은 과업이란 게 어떻게 하면 의연하게 죽을 수 있을까 하는 것뿐이지요. 그 누구도 관심을 기울이지 않는 과업! ……어쨌든 걱정하지 말아요. 꼬리를 흔들며 죽지는 않을 테니까요."

그가 한 손을 더듬거리며 컵을 찾자 안나 세르게예브나가 장갑도 벗지 않은 채 그에게 물을 먹여주었다.

그가 다시 입을 열었다.

"당신은 날 잊을 겁니다. 죽은 자가 산 사람의 친구가 될 수는 없으니까요. 아버지는 러시아가 큰 인물을 잃었다고 말씀하시겠지요…… 말도 안 되는 소리이지요…… 하지만 그대로 두세요…… 아이들에게는 마음을 달래줄 어떤 장난감이든 필요한 법이니까…… 그리고 우리 어머니를 위로해주세요…… 그

분들은 당신 같은 상류사회 사람들이 대낮에 촛불까지 켜고 찾아봐도 찾을 수 없는 분들이니까…… 러시아가 나를 원했는데…… 아니야! 그게 아니야! ……러시아는 나를 원하지 않았어…… 그렇다면 누구를? ……제화공을…… 재봉사를…… 정육점 주인을…… 아, 잠깐…… 어지러워…… 여기 숲이 보이네…….”

안나 세르게예브나가 그에게 몸을 숙였다.

“예브게니 바실리치, 제가 여기 있어요.”

그는 순간적으로 그녀의 손을 잡고 몸을 일으켰다.

“안녕.” 그가 갑자기 힘을 내어 말했다. 그의 눈에서는 마지막 불꽃이 일고 있었다. “안녕…… 자…… 들어요…… 그때 나는…… 당신도 알다시피…… 당신에게 키스하지 않았어요…… 꺼져가는 불길에 숨결을 한 번…… 그런 후 보내줘요…….”

안나 세르게예브나는 그의 이마에 입을 맞추었다.

“이제 됐어”라고 그는 중얼거리더니 다시 베개 위로 머리를 떨어뜨렸다. “이제 어둠이…….”

안나 세르게예브나는 조용히 서재에서 걸어 나왔다.

바실리가 그녀에게 물었다.

“어떻게 됐습니까?”

"잠들었어요."

하지만 그는 그 잠에서 영원히 깨어나지 못했다.

에필로그

여섯 달이 흘러 추운 1월이 되었다. 마리노 저택 창가에 불빛이 어른거렸다. 검은 프록코트에 하얀 장갑을 낀 프로코피치가 아주 엄숙한 표정으로 일곱 명 분의 식기를 식탁에 차리고 있었다.

일주일 전 마을 교회에서 두 쌍의 결혼식이 증인도 없이 조용하게 치러졌다. 아르카디와 카챠, 니콜라이 페트로비치와 페네치카의 결혼식이었다. 오늘은 사업차 모스크바로 떠나는 파벨 페트로비치를 위해 동생 니콜라이가 송별연을 여는 날이었다. 안나 세르게예브나 오딘초바는 젊은 부부에게 푸짐한 선물을 준 다음 결혼식이 끝나자 곧바로 모스크바로 떠났다.

정각 3시에 모두가 식탁에 모였다. 마챠도 함께 식탁에 앉혔다. 파벨은 카챠와 페네치카 사이에 앉았고 두 쌍의 부부는 끼리끼리 자리를 차지했다.

우리가 잘 알고 있는 두 신랑은 그 모습이 많이 변했다. 둘 다 더 강인해지고 멋있어졌다. 파벨 페트로비치만이 다소 야위었지만 그것이, 표정이 풍부한 그의 얼굴에 훨씬 우아하고 귀족적인 느낌을 더해주었다. 페네치카도 다른 사람이 되었다. 그녀는 산뜻한 비단옷을 입고 머리에는 넓은 벨벳 장식을 달고 있었으며 금목걸이를 한 채 약간은 겸손한 미소를 띠고 있었다. 마치 모두를 향해 미안해하고 있는 것 같았다. 하지만 그녀만 그런 것이 아니었다. 모두 그 누구에겐가 용서를 비는 듯한 미소를 띠고 있었다. 사실이었다. 그들은 모두 조금은 어색했고 조금은 미안한 마음을 지니고 있었다. 이렇게 행복해도 되는가 하는 어색함이고 미안함이었다. 카챠는 그 누구보다도 침착했다. 그녀는 신뢰의 눈으로 모두를 둘러보았다. 니콜라이 페트로비치가 며느리를 무척 좋아한다는 것을 한눈에도 알 수 있었다.

식사가 끝날 무렵 니콜라이 페트로비치가 자리에서 일어나 잔을 손에 들고 파벨 쪽으로 몸을 돌리며 말했다.

"형님, 형님께서 우리 곁을 떠나려 하십니다. 물론 잠깐이겠지요. 그래도 형님께 한마디할 수밖에 없어요. 나는…… 우리는…… 에…… 얼마나 …… 에…… 참, 나는 연설을 할 줄 모르는 게 문제야. 아르카디, 네가 일어나서 말해라."

"안 돼요, 아버지. 아무 준비도 안 했는데요."

"나는 열심히 준비했는데도 이 모양이니! 암튼 형님, 간단하게 말씀드릴게요. 형님, 우리 모두 형님을 사랑합니다. 행운이 가득하길 빕니다. 그리고 가능한 한 빨리 돌아오세요."

파벨 페트로비치는 모두에게 키스했다. 그리고 몇 마디 한 후 마지막으로 "안녕, 친구들"이라고 말했다. 그는 '친구들'이라는 단어를 영어로 말했기에 아무도 알아듣지 못했지만 모두 감동을 받았다.

"바자로프를 추억하며!" 카챠가 남편의 귀에 대고 속삭이며 남편과 잔을 부딪쳤다. 아르카디는 대답 대신 그녀의 한 손을 꼭 쥐었다. 그 건배사를 큰 소리로 제안할 수는 없었다.

이제 모든 이야기가 끝난 것 같지 않은가? 하지만 독자 중에는 이 이야기에 등장하는 각각의 인물들이 어떻게 되었는지 궁금해할 사람들도 있을 것이다. 이제부터 그런 사람들의 호기심을 충족시켜주기로 하자.

안나 세르게예브나는 어느 법률가와 최근 결혼했다. 매우 똑똑하며 실제적이며, 현실적인 감각과 확고한 의지, 뛰어난 말솜씨를 가진 남자였다. 그는 아마 장래에 러시아의 리더가 될 만한 인물이었다. 그는 젊고 선량했지만 냉철하기도 했다. 비록 사랑이 아니라 양식(良識)에 의해 맺어진 사이였지만 그들은 지금 아주 사이좋게 지내고 있다. 그리고 아마 완벽한 행복과…… 사랑까지도 누리게 될 것이다. 그녀의 이모인 공작부인은 세상을 떠났는데 세상을 떠난 바로 다음 날로 모든 사람에게서 잊혔다.

키르사노프 부자는 마리노 마을에 함께 살았다. 그들의 농장 경영은 점차 좋아지고 있으며 아르카디는 영지 관리에 열정을 보인다. 니콜라이는 농노해방의 조정관 임무를 맡아 헌신적으로 일하고 있다. 그는 쉬지 않고 담당 구역을 돌아다니며 연설을 했는데, 솔직히 말한다면 교양 있는 귀족이건 무식한 귀족이건 둘 다 만족시키지 못했다. 그들의 완강한 편견에 비해 그는 너무 섬세하고 부드러웠다.

카테리나 세르게예브나는 아들 콜랴를 낳았고 마챠는 이제 힘차게 뛰어다닐 나이가 되었다. 페네치카, 즉 페도시아 니콜라예브나는 남편과 마챠 다음으로 며느리를 좋아하고 아꼈다. 카챠가 피아노 앞에 앉아 있으면 그 옆에 함께 서서 즐거워했다.

말이 나온 김에 하인 표트르 이야기도 하자. 거드름을 피우기 좋아하는 버릇은 더욱 굳어졌지만 그도 결혼했다. 신부는 읍내 채소밭 주인 딸로 그녀가 표트르를 택한 것은 그가 시계를 갖고 있었고 에나멜 장화를 신고 있었기 때문이라는 소문이 떠돌고 있다.

파벨 페트로비치는 모스크바에서 외국으로 나갔다가 독일 드레스덴에 아예 눌러앉아 영국인들이나 러시아 여행자들과 교분을 트고 지냈다. 영국인들은 그가 좀 따분하다고 여겼지만 완벽한 신사라며 그를 좋아했다. 현지 주민들도 그를 존경하고 있었다.

아, 참, 쿠크쉬나 이야기도 해야겠다. 그 진보적인 여성 말이다. 그녀는 지금 독일 하이델베르크에 있다. 한때 그녀가 열광했던 자연과학이 아니라 건축을 연구하고 있다. 그녀는 건축에서 새로운 법칙을 발견했다고 큰소리치며 하이델베르크의 젊은이들과 어울리고 있다.

시트니코프는 페테르부르크에서 지낸다. 산소와 질소를 구분도 못 하는 주제에 모든 것을 부정하면서 여전히 큰소리를 치고 있다. 그는 위대한 인물들과 어찌어찌 어울리면서 자신도 위대한 인물이 되겠다는 꿈을 지닌 채 빈둥거린다. 그는 자신이 바자로프의 '과업'을 이어받았다는 신념을 결코 버리지 않는다. 그의 아버지는 여전히 그를 못 살 정도로 들볶고 있으며 그의 어머니는 그를 바보…… 즉 문학가로 생각한다.

러시아의 벽촌 어느 작은 마을에 공동묘지가 있다. 러시아의 모든 공동묘지가 그렇듯이 비참한 모양새를 하고 있다. 묘지 주변 도랑은 온통 잡초에 뒤덮여 있다. 잿빛 나무 십자가들이 땅 위를 뒹굴며 썩어가고 있다. 돌로 된 상석들도 누가 뒤에서 밀어 올리기라도 한 듯 옆으로 비켜서 있었다. 헐벗은 나무 한두 그루가 겨우 빈약한 그늘을 만들고 있으며 양들이 제멋대로 무덤 사이를 어슬렁거린다.

그러나 그 무덤들 가운데 사람의 손길이나 짐승의 발길에 의해 훼손되지 않은 무덤이 하나 있다. 새들만이 그 위에 앉아 새벽마다 노래를 부를 뿐이다. 무덤 주변에는 철책이 둘러쳐져 있으며 무덤 양쪽 끝에 어린 전나무들이 심어져 있다. 예브게니 바자로프가 이 무덤에 묻혀 있다.

그곳에서 별로 멀지 않은 마을에서 기운 없는 노부부가 가끔 이곳을 찾아온다. 그들은 서로 의지하며 힘겹게 발걸음을 옮긴다. 노부부는 겨우 철책까지 올라온 후 그냥 그 아래 주저앉는다. 그리고 오랫동안 서럽게 울면서 그들의 아들이 누워 있는 말 못하는 비석을 바라본다. 그들은 몇 마디 말을 주고받은 다음, 비석에 앉은 먼지를 털고 전나무 가지를 다듬어준 후 다시 기도한다. 그리고 아들과 가까워 보이는 그곳, 아들에 대한 추억과 가까워 보이는 그곳을 쉽게 떠나지 못한다.

정말로 그들의 기도, 그들의 눈물은 헛된 것일까? 정말로 사랑, 그렇게 신성하고 헌신적인 사랑은 무력하기만 한 것일까? 오, 아니다! 제아무리 정열적이고 죄 많고 반역적인 사람이 그 무덤 안에 감춰져 있더라도 그 위에 자라고 있는 꽃들은 그 순결한 눈으로 평온하게 우리를 바라보고 있다. 그 꽃들은 '무심한' 자연의 저 위대한 평온만을 우리에게 전해주고 있는 것이 아니다. 그 꽃들은 우리에게 영원한 화해에 대해서, 끝이 없는 생명에 대해서도 우리에게 말해주고 있다.

『아버지와 아들』을 찾아서

이반 세르게예비치 투르게네프(Ivan Sergeyevich Turgenev, 1818~ 1883)의 『아버지와 아들(*Fathers and Sons*)』을 읽고, 60대 중반의 나는 돌아가신 나의 아버지를 생각한다. 돌아가신 지 25년 가까이 되었건만 지금도 그립기만 한 아버지다. 나는 아버지의 무덤에 흙을 한 삽 뿌리면서 "언제나 말없이 우리에게 가르침을 주신 아버지!"라고 울먹였다. 아니다. 솔직히 말하자. 울먹인 게 아니라 마구 울었다. 저절로 터져 나온 울음이었다. 그토록 내가, 아니 나뿐 아니라 우리 형제들 모두가 존경하고 사랑했던 아버지였다. 지금도 우리 형제들은 "우리 넷을 다 합쳐도 아버지 하나만 못하다"라고 말하며 고개를 끄덕인다. 그리고 지금도, 스스로 보기에도 못난 생각과 행동을 하고 있다고 느껴질 때면 아버지를 떠올리며 마음을 바로잡는다.

그런 아버지였건만, 내가 아버지에게 반항한 적이 있었다. 철이 없던 시절이었다. 또한 아버지가 세상 물정 모르는 사람으로, 시대에 뒤처진 사람으로 여겨졌던 때가 있었다. 나이가 좀 들고 공부를 좀 하면서, 마치 내가 세상사 이치를 어느 정도 터득한 것처럼 건방져졌을 때였다. 내가 배운 것, 내가 알고 있는 것을 모르는 아버지가 세상에 대해 뭘 아실까 하는 건방진 생각을 그때 나는 했었다.

하지만 나는 다시 아버지를 존경하게 되었다. 지금도 아버지는 여전히 내 마음속 큰 스승이다. 내가 터득한 세상사 이치라는 게 얼마나 보잘것없는 것인가, 내가 삶에 대해 그 무언가 알고 있다고 여긴 것이 그 얼마나 미망에 불과한 것인가 깨달았기 때문이다.

그런 아버지인데도 나는 한때 아버지에게 반항했었고, 아버지의 생각과 행동이 시대에 뒤떨어진 것으로 생각했던 적이 있었던 것이다!

이번에는 내가 아버지가 된 처지에서 나의 딸과 아들을 생각해본다. 아이들이 내게 반항했던 것, 내 이야기에 귀를 기울이지 않았던 것이 너무나 당연하다. 말이 안 통한다고 여겼던 것이 너무나 당연하다. 내가 우리 아이들에게 나의 아버지보다 훨씬 모자란 아버지인 게 분명하니 두말할 필요가 없다. 그러나 말은 그렇게 하면서도 속으로는 괘씸하기 그지없다. "그 나이 때 반항하는 게 당연하지"라며 이해하려 하기보다는 "어디서 감히!" 하는 소리가 저절로 나온다. 하긴 "요즘 젊은것들은 원!" 하는 탄식이 고대 그리스 철학자 플라톤의 입에서까지 나온 것을 보면 나만 유달리 속이 좁은 것도 아니다. 예나 지금이나 이 세상 모든 아버지는 아버지로서의 권위(지금도 그런 게 있나?)가 무시당하는 것을 제일 참아내기 힘든 모양이다.

아버지와 아들의 관계란 그런 것이다. 아무리 모범적인 부자 관계를 유지하고 있더라도 부자간에는 필경 갈등과 대립이 있다. 아들은 어떻게 해서라도 아버지의 권위에서 벗어나려 하고 아버지는 어떻게 해서라도 그 권위를 지키려 한다. 오죽하면 저 유명한 정신분석학자 프로이트가 어머니를 사이에 두고 아버지와 아들이 벌이는 쟁탈전을 인간의 모든 행동의 근간으로 삼았을까? 그가 '오이디푸스 콤플렉스'라고 이름 붙인 것은 다른 식으로 말한다면 '아버지 제거 콤플렉스'인 것이다.

그런데 그런 아버지와 아들 간의 갈등이 아주 심해질 때가 있다. 바로 역사적 변환기다. 역사적 변환기라는 것은 낡은 세상이 물러가고 새로운 세상이 오려 할 때를 말한다. 그런 때가 되면 아버지와 아들 간의 갈등은 단순한 세대 간의 갈등이 아니라 역사관, 세계관의 갈등으로 확대된다. 그리고 대개 아버지가 수세에 몰리고 아들이 우세를 점하게 된다. 역사적 변환기 혹은 변혁기는 아버지에 대해 아들이 승리를 거둔 시기인 것이다. 아버지가 그럭저럭 아버지의 권위를 유지하고 있을 때는, 갈등 속에 작은 변화는 있을지 몰라도 변혁은 이루어지지 않는다.

그런 상식을 바탕으로 『아버지와 아들』을 다시 읽어보자. 처음부터 다른 소설들과는 무언가 다르다. 마치 역사소설, 혹은 르포인 것처럼 작품 앞머리에 1859년 5월 20일이라고 명기되어 있다. 우리가 같은 작가의 『사냥꾼의 수기(A Sportsman's Sketches)』에서 확인한 사실을 다시 한번 상기해보자. 러시아의 알렉산드르 2세가 우여곡절 끝에 농노제를 폐지한 것이 1861년 2월 19일이다. 1859년이란 농노제가 폐지되기 바로 2년 전인 것이다. 그것은 이 소설의 무대가 국가 전체가 격변기에 처한 러시아임을 분명하게 알려주고 있다.

'농노제 폐기'를 우리가 익숙한 단어로 바꾸면 '노예해방'이 된다. 그리고 노예해방이 한 국가의 역사에서 얼마나 큰 의미를 지니는가는 미국의 경우를 보면 알 수 있다. 오죽하면 노예 해방을 이슈로 해서 '남북전쟁'이 벌어질 정도였겠는가? 그런데 어찌 보면 러시아의 '농노해방'은 미국의 '노예해방'보다도 더 큰 사건이다.

미국의 노예해방은 백인들이 흑인 노예들을 해방해준 것이다. 그 흑인들은 어쨌든 이방인이다. 미국의 노예해방은 '사람이 어찌 사람을 노예로 부릴 수 있는가?' 하는 인권적인 측면의 성격이 강하다. 달리 말하자. 미국의 남북전쟁에서 남군이 이기건 북군이 이기건 미국이라는 나라를 지탱하고 있는 근간은 별로 흔들릴 것이 없다.

그러나 러시아의 농노는 미국의 노예와는 근본적으로 그 성격이 다르다. 러시아의 농노는 '이방인'이 아니라 '러시아 국민'이다. 그뿐 아니다. 당시 러시아 인구 6,700만 명 중 4,000만 명이 농노였으니, 일부 러시아 국민이 아니라 대다수 러시아 국민들이 농노였던 셈이다. 같은 나라 백성이 같은 나라 백성을 노예로 부린 것도 드문 예인데, 백성의 60퍼센트가 노예라니!

여기서 부끄러운 고백을 하지 않을 수 없다. 역사적으로 비슷한 예가 한 군데 더 있다. 바로 조선이다. 17세기 중엽 조선왕조의 인구는 대략 1,200만 명이었는데 그중 노비가 30~40퍼센

트였다고 한다. 만일 조선에서도 노비 해방이 일찍 이루어졌더라면? 엉뚱한 상상을 해본다.

어쨌든 러시아의 '농노해방'은 단순한 변혁이 아니라 국가의 근간을 뒤엎는 일이었으며, 국가의 틀 전체를 새롭게 바꾸는 일을 의미했다. 나라 전체가 진보/보수, 새로운 세상/구질서, 젊은 세대/낡은 세대의 대립으로 어수선했을 것이고 귀족은 귀족들대로, 정치인은 정치인들대로, 구세대는 구세대대로, 젊은 세대는 젊은 세대대로 이리저리 편이 갈려 대립하고 있었을 것이다. 이 의미심장한 소설에 나오는 인물들의 모습을 제대로 파악하려면 그런 역사적 맥락을 우선 염두에 두고 읽어야 한다. 그래야 왜 이 소설에 나오는 아버지들이 아들들 앞에서 그토록 절절매는지 이해할 수 있다.

아마 도도한 역사적 흐름 앞에서, 그 대세 앞에서 아버지들은 시대에 뒤처져 있다는 자괴감에 젖었을 것이고, 자신의 시대는 끝났다는 절망감에 젖었을지도 모른다. 한마디로 존재 근거가 사라져버린 그 허망감! 작품에서 아르카디의 아버지인 니콜라이 페트로비치의 다음과 같은 말은 그 허망감을 잘 드러내 주고 있다.

"저도 나름대로 시대에 뒤떨어지지 않으려고 최선을 다했는데…… 새로운 농장 모델도 만들었는데…… 농부들과도 잘 협력했는데…… 오죽하면 이 지방 사람들이 저를 '급진주의자'라고 부르겠어요. 저는 책도 읽고 공부도 해요. 시대의 요청에 뒤떨어지지 않으려고 온갖 노력을 다해요. 그런데도 그 애들이 제 시대는 끝났다는 거예요. 형님, 어쩌면 그 애들 말이 맞을지도 몰라요."(48쪽)

게다가 신세대의 대표주자인 바자로프에게 끝까지 맞섰던 파벨 페트로비치조차 나중에는 다음과 같이 쓸쓸하게 고백한다.

"바자로프가 날 속물이라고 비난한 게 옳다는 생각이 들기 시작했어. 이보게, 니콜라이. 이제 더 이상 겉치레나 세상 평판 따위에 신경 쓰며 살지 말자고. 우리는 이제 낡았고 보잘것없어. (……) 자네가 늘 말하듯이 우리의 의무나 행하자고. 그래야 덤으로 행복을 찾을 수도 있을 거야."(166~167쪽)

하지만 아버지 세대는 언제나 그럴 수밖에 없다고 과장해서 말하지는 말자. 작가 자신도, 낡은 질서의 파괴를 외치는 바자로프를 완벽하게 이상적인 모습으로 그리지 않는다. 그는 지나치게 냉소적이며 오만하고 독선적이다. 게다가 그는 "그래요, 아무것도 하지 않기로 결심했어요"라고 말하기도 하고, 죽어가면서 '반쯤 짓밟힌 벌레가 여전히 꿈틀거리는 꼴!'이라며 자기 자신을 비웃기까지 한다.

좀 당혹스러운 결과다. 우리로서는 구세대건 신세대건 작가가 어느 한쪽 편을 확실하게 들어주었어야 기분이 개운했을 것이다. 그런데 작가는 그렇게 하지 않는다. 그래서 작품을 발표한 후 작가는 보수주의자들, 진보주의자들 양쪽으로부터 모두 비판을 받는다. 보수 진영으로부터는 니힐리스트에 불과한 바자로프를 너무 미화했다고 비난을 받고, 진보 진영으로부터는 혁명적 민주주의자의 모습을 악의적으로 왜곡, 비방했다고 비난받는다.

하지만 우리로서는 양쪽 모두로부터 비난과 비판을 받는 작가의 모습이 훨씬 진정하고 용감해 보인다. 왜? 문학이란 이념을 보여주는 것이 아니라 인간과 인간의 삶을 보여주는 것이기 때문이다. 읽는 이로 하여금 그 누구를 향해서건 공감할 수도 있고 반감을 품을 수도 있게 전형적 인물과 그의 삶을 보여주는 것이 좋은 문학이기 때문이다.

우리는 그런 비난들로부터는 등을 돌리고 다른 식으로 물어보기로 하자. 당신은 이 소설의 등장인물 중 누구에게 더 공감했는가? 기존 원칙을 끝까지 고집하는 파벨? 혁신의 흐름에 어느 정도 동참하면서도 자신이 새 흐름에 뒤떨어졌음을 아쉬워하는 니콜라이? 기존의 가치는 모두 부정하고 그 폐허 위에서 새로운 것을 세워야 한다는 꿈을 가진 바자로프? 바자로프를 숭배했다가 그에게서 등을 돌리고 현실적 행복을 찾은 아르카디? 아니면 아들에게 턱없이 헌신적인 바자로프의 부모들?

그 질문에 답하기 전에 한 가지만 더 염두에 두기로 하자.

『아버지와 아들』은 1861년에 탈고하고 1862년에 발표한 소설이다. 러시아가 변혁의 소용돌이에 처했을 때의 소설이다. 달리 말하면 변혁이 필요했던 시대에 발표한 소설이다. 하지만 인류 역사는 온통 변혁만으로 이루어지지 않는다. 갈등이 너무 심해 안정을 추구해야 할 때도 있고, 너무 오래 정체되어 있어 새로운 물꼬를 터야 할 때도 있는 법이다. 게다가 인간에게는 현재 상태를 그대로 유지하고 싶은 본능도 있고 그 무언가 새로운 것을 만들고 싶은 본능도 있다. 전자가 개인이나 사회에 안정성을 부여한다면 후자는 역동성을 부여한다.

여러분은 지금 나에게, 우리에게 무엇이 필요하다고 느끼는가? 위의 질문에 덧붙여 함께 생각해보자.

이반 세르게예비치 투르게네프는 1818년 11월 9일 모스크바 남부 스파스코예 마을의 부유한 지주 집에서 태어났다. 하지만 그의 유년기는 행복하지 못했다. 히스테리가 심한 어머니가 아들에게 욕설과 매질을 일삼았기 때문이다. 1834년 아버지가 세상을 떠나자 어머니의 히스테리는 더욱 심해졌다. 그녀는 하인과 농노가 조금이라도 실수를 하면 참혹하게 체형을 가하거나 멀리 시베리아로 유형을 보내기도 했다.

투르게네프는 어렸을 때부터 가정교사에게 영어·독일어·프랑스어를 익혔고 모스크바 대학에서 문학을, 상트페테르부르크 대학교에서 역사·언어학 등을 배웠다.

그는 학창 시절부터 시를 썼으며 생애 대부분을 외국에서 지냈다. 특히 프랑스는 제2의 고향이라고 할 만큼 그곳에서 오래 생활했다. 그는 알퐁스 도데, 에밀 졸라, 기 드 모파상, 귀스타브 플로베르 등과 가깝게 지냈으며 특히 사실주의의 거두 플로베르와의 우정은 유명하다. 그가 어렸을 때부터 외국어를 배웠고 프랑스에서 주로 생활했기에 그는 가장 먼저 외국에 알려지고 가장 많이 읽힌 작가로 손꼽힌다. 또한 러시아 3대 작가를 꼽으라면 도스토옙스키, 톨스토이와 함께 당연히 그의 이름이 들어간다.

투르게네프는 어머니가 1850년 세상을 떠나자 영지의 농노들을 해방한다. 그리고 1852년에는 농노제를 비판하는 글을 발표하는 바람에 모스크바에서 체포되어 한 달 동안 감옥살이를 한 후, 고향 스파스코예로 1년간 유배되기도 한다.

『아샤』 『첫사랑』 『루딘』 『아버지와 아들』 『사냥꾼의 수기』 등의 중·장편 소설과 함께 수많은 시를 남겨, 러시아뿐 아니라 세계 문학계의 거봉으로 우뚝 선 투르게네프는 1883년 9월 파리 센강 부근 휴양지에서 척추암으로 세상을 떠났다. 그의 유해는 10월 초 러시아로 옮겨져 그의 유언에 따라 상트페테르부르크의 볼코프 묘지에 안장되었다.

『아버지와 아들』 바칼로레아

1 한 사회를 유지하는 데는 권위가 필요하다. 하지만 때로 권위는 우리의 자유를 제한하고 억압하기도 한다. 그렇다면 좋은 권위란 어떤 것이고 나쁜 권위란 어떤 것인가? 우리는 어떤 권위를 긍정하고 어떤 권위를 부정해야 하는가?

2 우리는 "그건 시대의 흐름에 역행하는 거야"라는 표현을 자주 한다. 과연 어떤 것이 시대의 흐름에 역행하는 것일까? 세상이 변하면 인간의 모든 가치관, 윤리도 그에 따라 변해야만 하는 것일까, 아니면 세상이 아무리 변해도 변하지 않는 것이 있을까?

3 인간의 평균 수명은 점점 늘어난다. 사회의 고령화가 진행되고 있다. 고령자가 많아지면 그 사회도 자동으로 노화되고 보수화되는 것일까? 그렇지 않을 수 있다면 그 방법은 어떤 것일까? 진정한 의미의 젊음과 늙음에 대해서 생각하면서 한번 논의해보라.

아버지와 아들

생각하는 힘: 진형준 교수의 세계문학컬렉션 40

펴낸날	초판 1쇄 2019년 10월 21일

지은이	이반 세르게예비치 투르게네프
옮긴이	진형준
펴낸이	심만수
펴낸곳	(주)살림출판사
출판등록	1989년 11월 1일 제9-210호

주소	경기도 파주시 광인사길 30
전화	031-955-1350 팩스 031-624-1356
홈페이지	http://www.sallimbooks.com
이메일	book@sallimbooks.com

ISBN	978-89-522-3983-9 04800
	978-89-522-3986-0 04800 (세트)

※ 값은 뒤표지에 있습니다.
※ 잘못 만들어진 책은 구입하신 서점에서 바꾸어 드립니다.

이 도서의 국립중앙도서관 출판시도서목록(CIP)은 서지정보유통지원시스템 홈페이지
(http://seoji.nl.go.kr)와 국가자료공동목록시스템(http://www.nl.go.kr/kolisnet)에서
이용하실 수 있습니다.(CIP제어번호: CIP2019037964)

책임편집	정명순